林

林

河村陽子

水声社

目次

青い遍歴

一九二五年（大正十四年）、私は三十六歳。

十二月十三日

長春から十時間を要して、午前七時半ハルピンに着く。陽の昇る前のほのぼのとした薄明の空を車窓から見る。果てしない空の円く地平と接する所一帯、深淵をみるような濃藍の色に染まり、次第に地平から遠ざかるにつれて紫色にぼかされ、更に上るに従って紫の色は濃く、眼の届く限り一様の幔幕を垂れこめたようである。まさに神秘荘厳というにふさわしいその大自然の様相に、私はこれから十日もかかるモスクワへの旅の心細さも忘れ、しばし恍惚の境地にいた。

ハルピンでは入露の準備の買物をするのである。M商会の水谷氏に迎えられて直ちに北満ホテルに入り、一休みした後M商会に行き買物を揃えた。

買物の筆頭は防寒外套である。高い衿にはカラクリという仔羊の毛皮のついたもので、中には毛や綿がたくさん入っていて厚ぼったい。それと同じカラクリ製の帽子である。私はほんの一と冬だけなのであまり上等のものでなくていい、それでも大奮発して百五十円のを求める。この帽子をかぶりこの外套を着れば、もうまるきりロシア行きの装いが出来たわけである。その他の買物といえば次の通りだ。

防寒用オーバーシューズ、毛布、毛布包み、バスケット、ヤカン、アルコールランプ、アルコール、かん詰、角砂糖、紅茶、珈琲、チーズ、菓子、匙、コップ、小さなアルミ鍋、茶つぼ。ローソク、マッチ、等々約百五十円。

こんなにも要るまいと思ったが、何しろ革命後のモスクワは今世界一物価の高い所、行けばどうせ使うものだからというわけで、税関を無事通過するかどうか怪しいと思ったが、すすめられるままにしこたま買い込んでしまった。

おかげで東京を出る時は、大小二個のトランクだけであった荷物が風呂敷包、バスケット、毛布包み、手提鞄が一つ、計六個の大荷物になってしまった。

「半自炊のような生活をして行くんですな、のん気で面白いですよ、何しろ長うございますからな」

と水谷氏に言われてなる程そうかなと思う。その他ここで日本貨の両替をする。露貨六百十ルーブルを買う。一ルーブルの時価一円二十銭、これは満州里以西において通用するものである。それから大洋《ターヤン》（中国の通貨）十元を買う。日本金十一円に相当する。露貨も大洋もこの日は割に安く買えた。大洋はハルピン、満州里間に通用する。

私は冒険心も好奇心も人一倍旺盛な人間と自負しているが、一語の露語も知らずただ一人長途の旅を試みようとする今、さすがにいささかの不安を抱かざるを得なかった。

では何故、私はモスクワへ行こうとしているのか。もちろん沿線に見られるであろう異国の風物はそれなりに私を大いに慰めてくれようが、十日間のシベリア鉄道の旅のつれづれに私はこの旅に至る経緯を、私の生い立ちも含めてゆっくり語ってゆきたいと思う。

＊

私の母は熊本県菊池郡大津町大願寺西の寺の娘で、慶応元年の生れだ。父の家は菊池郡津田村字中代にあった。村の豪家で、表入口から馬を乗り入れ土間を一巡して裏口から出られるような広大な家だったが、父は家産を傾けつくして、私たちの祖母一人をその家に残し、当時村長であった姉婿方に家族を連れて同居した。それは私が四つ位の時であった。その後父はハワイに行き、私たち一家は私が師範を卒業する明治四十三年の春まで、この伯父の家に寄食していた。その間母は並々ならぬ辛酸の中で私たちを育てた。

村は白川に沿う水田地帯で、遠く阿蘇の噴煙を眺め、河段丘の雑木林を背に農家が点在する平和な農村であった。

母は教師こそが最も立派な仕事と堅く信じており、私が安定した収入を得られる教師になるというのが母の悲願であった。何しろ私の弟妹は六人もおり、村長の家とはいえ世話になるばかりの母の心労を思えば、私は母の悲願を叶えないわけにはいかなかった。そして私は師範学校に入学した。母は天にも昇る喜びようだったが、私はその頃澎湃として押しよせてきた自然主義文学に熱中し、学業を疎かにした。師範在学中「秀才文壇」の懸賞小説に当選し、「文章世界」をはじめ「九州新聞」「九州日々新聞」「熊本週報」などの文章欄に盛んに投稿し、未来の作家を自任していた。当然母は私の将来を心配し、幾度となく私を諌めるようになった。私の弱気な一面が私を翻意させ、遂に私は文学を断念せざるを得なかった。そして優良なる教員たるべく教育倫理の研究に転換した。

四年間はずい分長かった。苦しかった。あの学生時代を追憶しても自分には何一つ華やかな思い出はない。潤いのない干からびた少年の姿、眼窩が窪み底光りする人相の悪い自分の姿がちらついて不快でならない。

明治四十三年優等生として熊本師範学校を卒業し菊池郡原水尋常小学校の訓導となった。首席訓導月俸十八円であった。

〈文学〉と〈教育〉との間を彷徨する私の一生が、実にこの時から始まったのである。

十二月十四日

朝七時半に汽車はハルピンを発つというのに、約束の水谷氏はなかなか現れない。ホテルの車で駅に向う。緑の色濃い窓の小さい各車室に煙筒のついた列車が発車の時を待っている。ホテルの男に導かれて乗り込む。客は既に各室にあり、ことごとく外人である。満州里での乗り換え、チタでの乗り換え、どうやって食堂で食事をするのか、次から次へと私を脅かすものがある。

七年程前に単独で満鮮旅行をした折、長春からハルピンに向う東支鉄道でぐっすり寝込み、思いがけなく機関庫の中で一夜を明かすという悲喜劇を演じた事があった。その折、真夜中に天井につかえるような毛むくじゃらな大男の車掌に叩き起こされ、カンテラを突きつけられたのであるが、何しろ一語も分らぬときているので恐ろしいやらおかしいやらでずい分と弱った事があった。またしてもそんな失敗をせねばよいがと思うと何となく不安であるが、えいままよ何とかなるだろうよ、と己に言いきかせてうそぶく。

荷物を自分の部屋に始末して廊下に出てみると、これは何事！　色の黒い日本人らしい男が窓にもたれて見送人らしい人と不安な顔付で話している。はてな、昨夜問合せた所によると日本人は外に一人もいないという事だった。あれは中国人だろうか、思いきって聞いてみようと私は彼に近づいてきりだした。

「失礼ですがどちらまでいらっしゃいますか？」

「モスクワまでです。あなたは？」

しめた！　まがう方なき日本語。しかもその人もすこぶる弾力のある跳上りそうな喜びの声で語りかけてきた。それは工学士の黒坂千吉という人で伯林へ行く人であった。

「私も昨晩聞いてみたんですが、やはり一人だというので弱っていましたよ。何しろ露語ときたら一言も出来ないもんですから」

喜び合ううちに水谷氏も見え、土産に白鶴一本と日本弁当とを寄越された。間もなく列車は動き出した。

ハルピン、満州里間は東支鉄道で、長春ハルピン間と同じ様式の列車である。一つのルームに四人で、上下向い合って寝るようになっている。私の室にはドイツ人の夫婦と私の三人。黒坂君は二十歳あまりのロシア婦人と二人きりという配り合せ。私はドイツ人夫婦に気の毒で仕方ない。

私の室と黒坂君の室の間に二つの室があり、それには三十歳前後のアメリカ人、スウェーデン人、イギリス人などの若い男が四、五人いた。その男達はいつも黒坂君の室にやってきてはロシア女と話をする。黒坂君はいつも私の室に来ている。かくて夜となる。

ロシアの若い女、彼女は東京からモスクワに帰るのだ。断髪にロイドの眼鏡、外国でも珍しい程のハイカラ。英語を研究中だとあってもっぱら件の外国紳士の通訳をつとめている。彼等外国人も露語が全く分らぬらしい。

北満州一帯はほとんど雪を見ない。朗らかな春のような日和で車窓から見ているといかにも暖かそうに見える。室内は七十度（華氏）近くの温度である。

曠野幾百里、見渡す限り林も無い、部落も至って少なく、原という原は砂漠のように続いているが、作物らしいものは見えない。ところどころの大きな駅で大豆の袋が山のように積まれているのを見ると、どこかで大豆が作られているらしいが、沿線には耕地らしいものはない。

各駅には中国人の兵卒が五、六人いて番をしている。汚ならしい灰色の外套を裾引くまで長く着、ポケットに手をつっこんだまま列車に面して不動の姿勢をとっている。ふと日本の兵卒を思う。

どこからか中国の豪族らしい者が女子供を連れて乗ってきた。着物は立派であるが、持込んできた物といったら何とも粗末なものばかり、何をするのか古いざるだの青風呂敷だの例の中国カバンだの、一つとして気の利いたものはなく服装の割にいかにも見劣りがする。あちこち見回った揚句、彼等は黒坂君の室やスウェーデン人の室などに落ついた。

ロシア女が白人の室へ行き、黒坂君が私の室にきている間に、黒坂君の林檎が減っていたりする。国民性とか国民の風格というような事を考える。そのうちどこかの駅でいなくなった。

＊

さて、教師になった私は当時ぼつぼつもたらされつつあった児童の個性を尊重する児童中心主義的な新しい教育思想などを猛烈に勉強し、日本の帝国主義的な画一的形式主義の師範教育というものに大いに不信を抱くようになっていった。伝統と因習の中に沈滞している学校教育に飽き足らず、はむかうようにあばれ回った私は、次々に少しづつ大きな学校へと転じ、その間に文検教育科合格、大正六年から同八年八月まで奈良女子高等師範学校附属小学校に訓導として在勤していた。奈良は当時新教育のメッカと言われていた。

既に我々は『エミール』を読み、トルストイに憧れ、エレン・ケイの「児童の世紀」宣言に目をみはり、モンテッソリーメソッド・子供の家や、ジョン・デューイ等を知っていた。

国際的に新教育運動が起っており、日本の教育界も大きく動き出そうとする胎動期である。京都帝国大学教授の谷本富が日露戦争直後にヨーロッパ・アメリカにおける新教育に学んで日本に紹介、その必要を説いたり、明治三十九年にエレン・ケイの著書が翻訳されたり、日本の新教育は明治から大正にかけて徐々に種がまかれていたのである。

大正八年五月、奈良は新緑にむせ返り、行楽客は奈良公園にあふれ、観光がてらの参観者が女高師の玄関に殺到していたある日の事だ。当時、初等教育界に売行きのよかった雑誌「小学校」の主筆岸田牧童が、ひょっこり職員室に現われた。

雑誌「小学校」は同文館から発行されている。同文館といえば教育出版界の王者的存在である。「哲学大辞典」、「教育大辞典」、などの厖大な辞書をはじめ、教育界第一級の著書が次々と出され、教育出版といえば誰もがまず同文館をあげる。その頃同僚の訓導の多くがしばしば寄稿していたし岸田とは旧知の間柄で「やァやァ」という調子。みんな授業があるのでゆっくり話すわけにもゆかず、「いずれ後で」と教案を抱えて教室に。

その夕方、三条通りのMバーに訓導十人あまりが集まり、岸田を囲んだ。酔が程良い加減まわった所で、岸田が立ち上った。

「奈良もこの辺で一旗あげたらどうです。大塚（高師）と広島（高師）で天下を二分しているが、奈良は日本の中央にあり、殊に美しい自然と豊かな伝統に恵まれている。皆さんがその気になりさえすれば、大塚・広島と鼎立することができる。大塚の「教育研究」、広島の「学校教育」と匹敵する雑誌をもったらどうです。といって雑誌の公刊は容易でない。そこで提案があるのですが、どうです皆さん。一つ私どもの「小学校」を機関誌として利用しませんか。その為一人御校から編集主任を寄越して戴きたい。どなたか御希望の方を、皆さんで推薦して下さい」

といった意味を用心深く述べた。たちまち一同が拍手をもってこの提案を賛した。中でも先輩Eは最も喜んだ。

「いいですね、誰かゆきますよ」

と答えてから私の方をかえり見て、

「おいどうだ、志村君、君行けよ」

と言ったものである。

「賛成賛成、ぜひ引受けろ、俺たちが極力後援する」

他に自分が行くという者はおらず、NもYもKもみんな私をすすめるのだ。岸田が、

「そう早急にきめなくてもいいんですが、夏休みごろまでにどうぞ」と言った。

十二月十五日　快晴

五時目がさめる。六時少し前に起きる。今日は満州里について乗り換えなければならぬ。私はせっかちなので早く起きて仕度をする。やがてボーイが起しに来る。マンヂューリアのヂュに強いアクセントをつけて呼ぶ。ボーイといっても八字髯のおやじだ。ドイツ人も起きた。起きてきて男が女に腕をかすと、女はその腕をさする。私は気をきかせて廊下に出る。

さて満州里である。夜はまだあけやらぬ午前七時、列車が止ると大兵肥満のロシア官憲がドカドカとやってくる。

「パスポルト」

「オーライ」

出してみせると一瞥してすぐ返してくれるが、白人のはみんな持ってゆく。その後から支那の陸軍大尉が来て名刺をくれという。またその後から赤帽がぞろぞろと這入ってくる。赤帽といえども赤帽をかぶってはいない。コックみたいな白い胸当てに「NO」という文字がついているると聞いていたから「NO」をよく見て一人の男に荷物を託す。

降りてみると、領事の太田氏と日本ホテルの主人とが来ていてくれたので、万事その二人にお願いする。

ここからがシベリア鉄道だ。切符の買いかえをせねばならぬ。それから難問は税関の検査だ。広場には四列に台があり、その上にずらりと荷物が並べられる。バスケット、トランク、袋、風呂敷包、スーツケース、毛布包み大小高低、索然たる光景、各列に二、三名の検察官がつき、一々パスポルトと引合せて荷物を検べてゆく。官憲の眼が光る。旅客の眼が脅える。その光景を私は興味を以て見ていたが、まて！　私の荷物の中には禁制品が随分たくさん入っている。自分の番を待つ間、太田氏と話す。

「書物もやかましいそうですね、私は四、五冊あるのです」

「どんな本ですか、ロシアの悪口を書いたのや、白の宣伝になるようなのはいけませんな」

「そんな中味まで調べますか」

「調べる事もありますな」

「双眼鏡が一つあるんですが」

「そんな贅沢品は。何しろプロの国ですから、表面だけだが随分厳重ですよ」

「酒も一瓶ありますが」

「いけませんな」

「それにハルピンから化粧品をかなりたくさん買ってきたんですが」

「あなたがお使いになるのですか」

「いやモスクワに妹がおりまして、土産ですが」

「それは困りましたな、女連れでもあれば何ですが、それはやられますよ。とにかく私が話しはしておきますが……」

検査が隙どって後回しにされ、一汽車延ばさねばならぬ事となったらどうしよう。一汽車といえば一週間だ。ここで一週間の停滞はまさに致命傷だ。それともあらぬ嫌疑で入国を阻まれたらどうする。と悪い方にばかり考えて、流石の私も胸が少しドキドキする。

太田氏が税関吏についていていて説明してくれる。若い男が荷物を一々めくり、年の多い方が監定する。

「これは？」

「ふけを取る為に頭につけるもの」

「二瓶はいけない」

「これは？」

「タカヂアスターゼ、この人は胃病なんです。胃の薬です」

「これも薬？」

「これは食塩、調理用です」

「これは何だろう」

「日本の人形」

「何にするのだろう」

「おもちゃでしょう」

「おもちゃにしては少しよすぎる。これは贅沢品だ」

トランクの底から大束の原稿用紙が一束引きずりだされる。若い男はそれをパラパラと繰ってみる。何も書いてないと分ると黙ってしまい込む。

すべてこんな風でやたらと時間がかかる。課税すべき物が一抱えもあり、別室に持ち込んで一々重量を計り、重さと品物によって税率を調べて課税する。例えば三円のふけとり香水の税金は十五円、十銭のつま楊枝に五十五銭という調子だ。包装の立派な物は課税され易い。つま楊枝など実に馬鹿げた物にまで課税、同一の物を一個以上もつ事も不可。それでも太田氏の紹介があったので、余程寛大であったと思われる。金指輪をやられている者、毛皮をやられている者、絹靴下を三枚はいていた為に脚をまくられている女などこの場は様々な光景を呈していた。

三時間の停車で汽車は新しく満州里を出た。次駅はマツエフスカヤで国境駅である。その駅に着く途中で停車すること約四十分。この間に旅券をみんな持って行って検査した。

満州里、チタ間には所々丘陵があり灌木あり牧場ありで、その趣は旅情を慰めてくれるに十分であった。午後五時頃オノン河畔のオロウヤンナヤに着く。革命当時破壊された大鉄橋の残骸が結氷した河床に横たわっていて、当時を偲ばせる。

降りて鳩大の鳥一羽十五銭、牛乳三合四十銭を買う。

＊

同文館の岸田氏が来て雑誌「小学校」の編集主任をと乞われ、同僚達が一斉に私を推した。これより前私は同僚のNとは時々転向について語りあった事があった。そして私は実は創作に精進したいのだという希望にもふれていた。

素質が勝つか、環境が勝つか、二つが合力する事によって優れた人間が出来る。多くの人は二つが相剋する。教育は人々の持つ天分を発見してそれに適した環境を用意するにある。私は三十幾年の長い間二つのものの争いに身を置いた。環境は私を教育界に導いた。

新教育のメッカといわれた奈良女高師での生活も、私の教育者としての情熱を満たす事はなかった。師範学校附属における教育改造には限界があった。そこは国家権力の統制が直接に及ぶ所であったし、その特権的地位がそこの教師の生活や意識を有形無形に規程したのだった。同文館の話が出た時、私の未だ諦めきっていない心の底がざわめきたった。雑誌の編集ともなれば文壇とも接触のある仕事である。私の念願にはこれはいい話ではないかと直感するものがあった。

奈良には親しくなった訓導もいたが、私は奈良を去る事にさしたる未練はなかった。

大正八年八月私は東京に移り、同文館編集部員となり雑誌「小学校」の編集に当った。岸田の期待通り俄然雑誌「小学校」は活気を呈してきた。奈良勢はこぞって寄稿した。「小学校」は全く奈良女高師の機関誌の如くであった。

東京には既に成城中学校附属小学校があり、大正十年には自由学園が創立、その後文化学院、大正十三年には明星学園が誕生し、新教育は着々とその成果を挙げつつあった。

同文館に入社して満四年を私は愉快に過した。入社して間もなく、「教員物語」という小冊子を出版した。これが私の処女作だが、思いの外当って各方面から推奨され再々版を重ね、一躍私は虚名を博した。

その年の暮、生れて始めてボーナスを貰い、母や妻や妹たちに何かしら買って与え、人間らしい生活に入った。また次いで随筆集「生活を教育にまで」も出版した。

この間、同志と共に「教育擁護同盟」の結成に参画し、教育運動にものり出した。

大正十年原敬内閣によって教育費削減の為「三学級二教員制」が提案された。この企てが報じられると天下は騒然とわき立った。

帝国教育会や野々宮が結成した連合教育会が対策を講じたが、民間団体の決議、陳情、請願などでは太刀打ちできない。そこで野々宮氏は教育雑誌記者と称する者の一団に呼びかけた。たちまち三十名程が集まり「教育擁護同盟」なるものが結成され、政府の暴案撃破の主役をつとめる事になった。まだかけ出しの若僧である私も加わって、各地を飛び回り反対運動を展開した。その時上中氏と熊本に行き、獅々吼したりして彼と親密になった。原敬は暗殺され、高橋是清が後を継いだが当初の意気はなく、同盟の迫撃が奏効してこの案はうやむやに終り、同盟軍の勝利となった。

この運動以来、中心的存在だった野々宮氏の身辺には絶えず教育ジャーナリストが集まり、勢い皆親しくなった。思想傾向の近い者ほど親しみの度は深く、このようにして野々宮援太郎、上中弥三郎、東藤五郎と私の四人は結ばれた。

愉快に過したかのような日常の一方で、私には抑えきれない願望が時として沸々と湧いて来るのであった。それは創作を以て立つという事である。既に二、三の著作の出版もしたが、サラリーマンをしていては創作は伸びない。

教育の世界に国家による自由の束縛があったように、この世界にも書く事の上に自由は無かった。法規に代る資本の力があった。官僚の代りに資本家がいた。この辺で乾坤一擲、棒給に離れて創作に専念したい。

〈筆で喰っていくこと〉の如何に困難であるかは、編集者としての幾年かの経験から私もよく理解していた。三流四流の文筆業者の惨めな生活を思うと私の行く道は明るくは見えなかった。だが私は自己を殺してしまう程老いてはいない。私はまだ三十代の半ばだ。権力に支配される組織の中では完全な自己燃焼は不可能だ。同僚の無責任な挑発が私の思いを爆発させもした。私はすべてを抛って自らを生かしたいと決心した。

「よし、作家として立とう!」悲壮な決心の裡に私はある悦びを感じていた。もう時を待つばかりだった。

十二月十六日

夜十二時チタに着く。真夜中である。ここで再び乗り換えねばならぬ。黒坂君はここから一等(万国寝台会社の寝台車、ここから始めてそれがある)に乗る為にワゴンの切符を買わねばならぬ。二等はそのままで行ける。私は構内を見て回る。三・四等待合室と一・二等待合室と分れている。三、四等待合室のペチカにはぼろを着た数多の乞食がしっかとしがみついている。そこで夜をあかすらしい。一、二等の方にも幾人かの乞食がいて泣き声で物を乞うている。荷物の上に打ち伏して眠る者、土間にあぐらをかいてパンを噛る者、食堂で食事をする者。その間を官憲らしいロシア人の眼が光る。売店には菓子、パンの他新聞雑誌を売っている。絵葉書もある。一枚三十五コペイカ（約三十五銭）だ。

雑然たるその光景は流石に異郷を思わせる。黒い瞳の人は私達二人だけだ。約三時間の停車の後発車。私は今度はスウェーデン人と同室、黒坂君は一等の方に納っている。午前三時だ。好奇心の奥に淋しさがチラリと顔を出す。四時すぎ、やっと眠りに落ちる。汽車は一帯の森林地を走ってイルクーックに近づく。

十二月十七日

一晩で淋しくなり、値上げして黒坂君と同室の一等に移る。

白明イルクーックに着く。女が来て車室廊下などを雑巾にて掃除する。降りてみる。駅近くの木々の梢一面氷花を結んで、その美しさは筆舌に尽くし難い。駅舎の正面にかけられた寒暖計は零下二十五度を示す。駅夫等が各車両に白樺の薪を運ぶ。イルクーックはシベリアにても最も寒き所、恐らく全露中においても一、二を争う極寒地で零下四十度に達する事もあるそうだ。停車一時間にて発車、街は雪に眠り未だ醒めず、バイカル湖は氷結して見るべきもない。ただ僅かにその上を橇が走っているだけである。沿線第一の絶景地も冬は空しい。

今日は一日、白樺の林の間を走る。村の数も多くなり、道を走る橇もしばしば目につく。老いた白樺の愁をおびた枝ぶりに雪の降りかかる風情は眺めても眺めても飽きない。

午後三時頃、まばらな白樺の林の奥を一面に紅くして日は早や暮れかかる。とある駅にて鶏の丸煮一羽とパンを買う。鶏は六十銭パン二個十銭。ついでに売店にて絵葉書を示し、こんな物ないかという手真似をすると「ニエート」と言ったが、すぐその後から「メイユ（滅有）」と言う。ニエートはロシアの否定語、滅有は中国語で「無い」という意味である。私を中国人と思ったのである。

アルコールランプで火をたき、それにヤカンをかけて湯をわかし紅茶を入れる。列車のきまった食事にも飽きてきた。丸煮の鶏をさいて食塩をふりかけそれで夕食をやる。缶詰をあけて日本の味を味わうのもまた楽しい。

黒坂君はどてらを出し、私はセルの単衣を着、室を内側から閉めて、悠々と教育の事を話したり、あるいはまた新しい女の話をしたり、黒坂君の専門である鉱山の話や燃料の話を聞いたりして、長い長い夜をそう苦痛もなく過した。

＊

心密かに作家として立とうと決心し、時を窺っていた私だったが——。そんなある日のこと、それはK小学校の某訓導が不当に馘首されたという件で上中氏と二人で府庁に抗議に行った帰りだった。お茶でも飲もうと二人で東京駅内の喫茶店に入った。

その時上中氏は破天荒のプランを私に打ちあけたのである。大正十二年四月だったと思う。

彼は口を開くや突然言った。

「君、会社をよす気はないかね」

「む？」

私はまだ誰にも秘かな決心を打ち明けてはいなかったので、この問いかけには全くギクリとした。

「是非君にやって貰いたい事がある」

「え、どんな事でしょう？」

藪から棒の上中氏の言葉に驚いた。

「学校をやろうじゃないか、小学校をさ」

「学校？」

あまりにも予期せぬ提案に言葉に詰った。

「ほんとうに教育をする学校をさ、S学園なんかよりもっと自由な、もっと真実な教育をする学校を作ろうじゃないか」

上中氏は一も二もなく私が賛同するものと信じ込んでいるようであった。だが私はせっかく作家として立とうと決心したばかり、今更学校でもあるまいという思いだ。

「もう学校には愛憎をつかしているんです」

「だからさ、だから大いにやろうと言うんだよ。教育それ自身に愛憎がつきたと言う訳じゃなかろう。今の教育が教育を離れて政治のようになり、工業みたいに機械的になったりしているからいけないんだ。もっと人間らしい教育を我々の手で開始する事は現代にとって最も肝要な事でもあり、やり甲斐のある仕事だよ」

「そりゃそうですが、この腐ったような教育界で出来やしませんよ。せっかくですが、私は創作に専念しようと実は決心した所なんです」

「創作？　大いにやり給え、何、創作というのは君、生きた人間でやるものだ。それこそ真の創作じゃないか」

　上中氏の企画は同志を語らって一大教育運動に乗り出そうというのだ。制度上の運動ではなく実際教育上の運動だ。その為まず教育雑誌を出す。教育上の著作を公刊する。実験学校を作る。野々宮も大賛成だ。君は是非主事となって参加して欲しい。「君を待つ仕事はたくさんある。君がいなくちゃ始まらんのだ。いい加減資本家の走狗たる事に見切りをつけるんだね」

　上中氏の情熱的な説得に私は当惑した。そもそも私は上中氏に人間としての魅力を感じていた。その魅力の正体が何であるのか分らぬが、悠揚迫らざる茫洋とした風貌に先ず包擁力を感じる。彼の傍にいると、何故かこの人とは生涯離れたくないというような吸引力が私を捉えるのだ。

　その上測り知られざる常識の深さと広さ、教育においてはもちろん、哲学、経済、芸術その他人文科学のあらゆる分野における知識を持っておられる。しかも氏は尋常小学校三年までの公教育を受けたのみにて教員検定試験（小中）に合格。小学校教師、新聞記者、女子美術学校、埼玉師範学校の教員、教員組合啓明会の結成、労働運動の指導、出版社の創設経営とその活躍ぶりは目ざましく常に指導的役割を果している驚異的な存在の人物である。

しかもこの企画の背後には更に教育界の大先輩野々宮氏がいる事も分った。

野々宮という人物は師範学校の校長から帝国教育会の専務主事として一九一九〜三〇年まで活躍。欧米の一巡。さまざまな教育改革の推進。国民教育体系の確立を主張する一方教育実践活動にも邁進、またモンテッソリーの著書の翻訳。疑問を提しながら自由教育思想の深化を計る等、縦横無尽に日本の教育の為に尽力している人である。だが野々宮氏は団体的運動より、やはり実際家として真実に人を育てる事に衷心から尚若々しい悦びを持っている人である事を聞き、私は深く尊敬の念を覚えた。

そのような教育界の大家野々宮氏と、社会的なリーダーとして活躍する実力家の上中氏両名の懇請と聞いては、私の決心も遂に砕け、作家志望を捨てて、新しい教育事業にふみ出す事となるのである。

十二月十八日

夜が長いせいか、あけ方にはうつらうつらと夢とも現ともつかぬ思いの数々を浮べている。書き残してきた創作の拙いところどころが気になったり、去っていった女の事を思ったり、子供の顔が浮んできたり……。

昨日イルクーツクに着いたと同じ頃クラスノヤルスクに着く。

駅に近く大農式の畑があったり、氷結してけわしい様相を呈している河、窓から覗くと氷の底を矢のように水が走っている。人が往来し、橇が走っている。丘の上の高い塔、丘に沿った街。鉄橋を渡ると構内につく。ちょっと下車して買物をし、手紙を出す。怪しい露語で書いたアドレス、果してこれが無事に国につくだろうか。

構内食堂で駄菓子のようなのを七、八個買って二円とられた。その菓子は実に不味いものだった。三、四等待合室に行って、そこの売店からも菓子を買ってみた。これは不味くて食えなかった。プラットフォームの売店では狭い人混みの中に子供の乞食がたくさんいる。金をねだってうるさくて仕様がないから一コペイカやったら、どやどやと六、七人寄ってきたので面喰らった。あとで聞いた事であるが今ロシアでは五十万人の放浪児がおり政府もその救済策に弱っているそうだ。大戦に続く革命、革命に続く飢饉、飢饉に伴う悪疫の流行等のため夥しく殖え、今ではその数さえつかめぬ有様という。

三十分余で発車、杉に似た森を走る。木は概して若く切株が多いのは近頃伐採したのだろう。畑には至るところ株を積んだものが見える。この辺雪やや深い。食堂に娼婦と思われる一人の女が現われ、数名の男と共に盛んに飲む。（一体にロシア婦人は酒を飲み煙草をすう事は男と大した区別はない。）そばに一人の軍人がありこれもしたたかに酔っていたが、男等の一人と口論を始め腰のピストルをいじくり、私たちをハラハラさせる。しかしロシア人は馴れたもので平気でいる。

今日のアベード（定食）は一時から五時まで。スープ。コロッケ。カンポート（果物）パン。これで一円二十五銭。別に紅茶とバターを請求すればその代をとられる。パンはすこぶる不味く、特にロシア人が好んで食うパンは奈良の鹿に食わせる藁せんべのようだ。アベートをすませてまごまごしていると、もう日が暮れる。今日は夕飯をぬきにして寝てしまう。

＊

上中氏と別れて帰途の電車の中で、私は早くも新しい仕事についてあれこれと空想をした。かつて私自身が描いていたユートピアが夢のように浮んできた。

「夢の社会学校――なだらかなスロープ、時雨咽ぶ猶木立。こんもりと茂った森、森をめぐる小川、からりと晴れた空と清々しい大気、輝く陽光を浴びて、生土の上にゆったりと根を降したような小さな村、こぼれるような果樹園、みずみずしい菜園、そこに動いている一群の少年、小川に漁り、丘にバッタを追い森に小鳥を呼ぶ小児。児等と共に遊び共に働らく教師――年長者の一団。それを村と呼ぼうか、学校と呼ぼうか。村であり社会であり、学校である。暖かい感情を以て結びつく人々のまどい。働らきながら学び、学びながら働らき、あくまでも土の上に生きる道を求めて額に汗する。教師であって生徒であり、生徒であって教師である。そこに人々のすべての性能は培われ、天分が伸長される。生命の光ある国――」

私はそれを社会学校と呼んで、小さな本に書いた事もあった。その夢が思いがけなくも今、私の前に一つの形を具えようとしてきた。

私の心の奥深くしまい込まれようとしていた教育の事――それは教育というにはあまりにも

自由であり、あまりにも美しい人間創造の営みであった――がむくむくと頭をもたげ出してきた。

「……そうだ。林の間に点在する丸木柱の茅屋、それが校舎だ。夕のまどいには大人も子供も一緒になって劇をやろう。掘りたての土のついた薯を焼いて、たき火を囲みながら語り合う。やがて志を同じくする人々が集ってきて一つの村を作る。教育愛によって結ばれる村――」

私の空想はとりとめもなく走る。同志として招きたい人々の顔まで浮んでくる。私は混雑の車中であたかも人無きが如くひとり顔が綻んでいた。

気がついて我に返った時は電車を乗り過ごす所だった。私は慌てて飛び降り苦笑した。


新しい教育運動は、野々宮、上中、志村、東藤の四人の結社として出発、それに小原、原田、三浦、赤井の四名を社友という事にした。名称は「教育の世紀社」、学校は「児童の村小学校」ということまでトントン拍子で決った。

それからというもの四人は頻繁に集って、綱領や趣意書や細案の作成に没頭した。大正十二年十月をもって機関誌を発行し、十三年四月学校を開くという方針の下に、私は事務一切を引受けてかけ回った。

「資金は先ず一万円は必要だ。二千円位づつ出そう。君もその位何とかなるだろう」と私もいわれていたが……。

「私学の経営は楽ではないよ、資金でも十分にあってやるのならいいが」

教育界の大御所なる人物から野々宮が忠告されてもいる。だが四人はそんな事で思い止まるものではなかった。

十二年八月、私は同文館を退いて世紀社の仕事に専念した。

同九月一日、四人は揃って下落合の高台を校地とすべく検分した。眺めはよし、環境はよし、麦畑だからきっと地価も安かろう、ここに一同の話がまとまり四人がそれぞれの事務所か自宅に帰りついたところで、ガラガラッときた。

関東大震災だ。上中は社を焼かれる。私も家を焼かれ、私財のすべてを失う。もうこれですべてはおじゃんかと思われた。

だが四人はくじけなかった。我々の情熱は大東京をなめ尽くした大震災の炎よりも、更にすさまじかったのだ。

予定より一カ月余後れただけで、十二月十一日には雑誌「教育の世紀」がスマートな表紙、豊かな内容で颯爽とデビューした。天下はやんやと拍手を送った。

創刊号における一三〇〇字の宣言文はここでは約し、教育の世紀社の五カ条の教育精神を述べれば次の通りだ。
①個々人の天分を存分に伸展せしめ、これを生活化する事によって人類の文化を発展せしむる。
②児童の個性が十分に尊重され、その自由が完全に確保せらるる教育の形成を尊ぶ。
③児童の自発活動を尊重し、その内容の興味に即して新鮮なる指導を行なう。
④学校生活は生徒及び教師の自治によって一切の外部干渉を不要ならしめ、進んではそれ自体

の集団的干渉をも不要ならしめん事を期す。
⑤自己の尊厳を自覚すると同時に、他の人格を尊重する人たらしめ、全人類に対する義務を尽くす勇ならしめん事を期する。

明年四月をもって「児童の村小学校」開校が発表され、野々宮や私の新著書の公刊予告なども発表した。

やがて「児童の村小学校」訓導募集の広告が「教育の世紀」に発表されると、全国各地から希望を寄せる者が五十名にも及んだ。

十二月十九日

ノボニコラエフスクは夜明けに通る。昨日で峠は越えた。モスクワまでもうあと数日という所まできた。今日から時々すれ違う列車の走るのを見る。昨日まではほとんどなかった。汽車が駅につく毎に大人子供が見に来ている。万国寝台会社の車両が珍らしいのであろうか。とにかく何をするでもない汚れた様子をした人々がぽつねんと佇立して汽車を見ている。

このあたり民家の様子もすこぶる貧弱で、まるで雪の底に埋もれている穴倉のように見える。オムスクに来て初めて都会らしさを見る。構内食堂の賑わいは、あらゆる卓子に一つの空席もなく卓子に近く立ち食いするものも少なくない。女給はその間を燕のように飛び回っている。街にはイルミネーションが輝いている。東京の街の賑わいが頭に浮んでくる。

＊

さて、五十名にも及んだ「児童の村」の訓導希望者については、書類選考の上これと目ぼしをつけた者に直接当る事にして私は西に東に出かけて行った。

先ず、第一の候補は岐阜師範の村野芳兵衛だ。村野は度々「小学校」に投稿していたのでおよその見当はついていた。教室に行ってみると書方をやっていた。書方の授業など何の変哲もないものだから、見ていても一向ラチがあかぬ。見られる方も手際の見せようが無い。何か言い出すのかと我慢していたが一時間とうとう何も言わず、ただ子供たちの間をぐるぐる回るだけでおしまい。参観者があると何かもっともらしい事の一言位言いたいのが普通だが、それが無いのが私の気に入った。放課後の話で採用に決めた。

その頃大阪毎日の事業部長の紹介で、篠田伸子という女性が熱烈な志願書を寄せて来た。その志願書に添えられた長い手紙の主旨は、――先生方の偉大なる御仕事の計画が発表され、私は驚きかつ歓んだ。かねて自ら描いていた夢が今実現する思いです。その御企画の上に幸あれと祈る者です。真の教育に従事したいという切望が私を捉え、先生方に不躾ながら大胆に申します。私もその中の一名に加わる事が出来たら、どんなに嬉しく幸な事かと……と切々と訴えるものであった。

これはよさそうだと四人の意見が一致したので、大阪まで行き篠田伸子と逢った。

才気煥発、なかなか鋭い。痩せぎすのほっそりした色のまっ黒な女、身辺には一点の装飾も無いし、無論お白粉もルージュもつけていない。ひっくくった髪にも女気はない。これが私の気に入った。そこでこの女性も即決採用という事にした。

三人目の候補は鶴岡のKだ。まだ雪深い二月のある日鶴岡を訪れた。これもなかなか好いと思ったが、郡視学が賛成せずこの方はやめにした。

そして一学期だけ私自身一クラス担当し、九月に入って綴方教育で名の知られた山地峯男に来て貰った。専科では音楽、図画、英語はイギリス人女性などその他が決まり、別に研究生制度を設けた。

大震災の為校舎の新築が困難となったので、とりあえず延焼を免れた野々宮の私邸を開放して校舎とする事にきめ、生徒募集にかかった。

始め四十名位を目標にしたが徐々に増加し、結局約六十名の入学希望者が集った。その中には有名な詩人や政治家の子女もあった。

児童の村の教育は正に自由そのものだ。新軌軸の教育に賛同して集った村野芳兵衛も篠田伸子も後で加わった山地峯男も、よく我等が教育精神を理解してその教育を実現すべく努力の日夜を送ることとなった。もちろん試行錯誤があり、苦悩を経て次第に修正されていくのだが、何しろ当初は時間割さえもない学校である。しかも全国から見学者が参集し、教育の推進を妨げられる有様だった。

その教育の一端を述べると、児童の欲求する探求心が尊重され、子供たちの生活の中から子供たち自身が題材を見つけて学習を始める。学習は教科から生れるのではなく、生活から教科が生れ学習が始まる。教師はむしろその学習を補助する立場ともなる。訓導の一人は述べている。「いつか子供たちが『太陽とお月様とどちらが大きいか』の問題について話していた。それが発展して『太陽の話をしてくれ』ということになって、『太陽』の話をしてやった。それが更に発展して今度は『星の話をしてくれ』という事になり、星の話などもしたりした」「三学期に入って、子供達は前日に翌日の時間割をするようになった。『先生明日は理科の時間を一時間おくよ』『そう、何を研究するの……』『食べ物がうんこになるまでの話をしてくれ！』『それは面白い、ね、先生それがいいよ』その翌日私は口腔、食道、胃、胆汁、腸、十二指腸、大腸、小腸等の働らきを話し、澱粉の糖化、蛋白質の消化、脂肪の乳化などのこともつけ加え、更に放屁、排泄等についても話した。皆はよろこんだ」

しかし全面的に自由を保障された、一見放縦とも見える生活教育は徐々に修正されて、更に理想に合致すべき新しい学習法が生み出されてゆく必然を孕んでいた。

十二月二十日

道も草も埋もれて一面に雪の海。降り積った雪は堅く凍って、その上に更に積っているらしい。風が強いとみえ、砂漠の如く雪の原に起伏あり、更にその上を天華粉のような粉雪がとんでゆく、まるで白煙が這っている様である。白樺の枝は皆東になびいている。

九時十分太陽地平の上に昇る。赤熱の朱丸、あたかも風船玉を浮かせたようにふわりと地に低く浮ぶ。列車が白樺の林を横ぎると、林を越えて朱丸もまた走る。ちょうど汽車と競争しているように同じ方向に走ってゆく。

終日、本を読んで過ごす。汽車が揺れる為、原稿が書けないのは遺憾である。

二時すぎ弦月西の空にあり糸の如く白樺の梢にかかる。何故かふとジプシーの歌を思い出す。

♪西は夕やけ東は夜あけ……

その歌は私にとってある一つの物哀しい思い出をもっている。得体の知れない涙が眼の裏ににじむ。淋しい一日である。

夜にニコライ廃后が殺されたエカテリンブルグにつく。ちょっと降りて見る。何故か貝細工を売る店が多い。食堂の賑わいはオムスクに同じ。ここはもうウラルの山中である。

＊

いよいよ篠田伸子の話を急がなければならない。彼女は女子師範を出てすぐその師範の訓導に残り、その後田舎へ行ったり幼稚園の保母になったりしている。応募した時は岡山の小学校の訓導であった。熱烈な応募の際の手紙に我等四人は感動したが、女性を入れることの賛否はあった。

児童の村が開校し伸子がその仲間に加わってから一学期がたつ頃には、一同はもう親身も及ばぬ仲となっていた。初めの頃は伸子も少し遠慮していたようであった。たしかに才気はあり言う事も的確であった。彼女の教育思想は私と共通する部分があった。

　そのうちに伸子は何の遠慮もなく振舞うようになった。煙草もふかせば酒も飲むし、おとなしい村野などよりはよっぽど大胆で勇敢で、村野の出来ぬ事などもどんどんやってのけ、男か女か分らないような所もあった。酒の席では全く男のように振るまった。私白身伸子の振舞いには時々度肝を抜かれた。女らしいという所はどうしても見出せない。それでいて教育の事となると誰よりも真剣だし、子供に対する気持の純粋な事はとても他に及ぶ者が無い程の女であった。その明確な自分を持っている所と、その教育に対する真摯な態度とが野々宮や私を動かしていた。

　だが時には野々宮さえも伸子のあまりの態度にぎょっとして、

「少しひどすぎやしないかね、君少し注意したらよかろう」

　等と言う事がある。私は、

「あれ位、仕方ありませんよ、あそこがあの女の長所ですからな」

　そうして二人は伸子をもり立てようと骨折った。

　彼女の組の子供達はめきめきと伸びてきた。溌剌たる精気が学校中を圧していた。

「女とは思えんな」

「全く」

「男にしてほしいな」

「いや女であってこそ珍しい。あれで大いに女の為に気をはくがいいよ」

「それもそうだが、女である以上やっぱり少しは女らしい所もほしい気がする」

「それはそうだが……」

「ありゃひょっとすると男かも知れないよ」

「ははは……」

そうした話が伸子のいない所で折々口頭にのぼった。

話は遡るが、大震災のあと私宛に五百円の小切手が送られてきた事があった。五百円というのはなかなかの大金である。送り主の名はなく、

――この度の御災難誠においたましく存じます。雑誌にて細々の御様子拝見致し秘かに心を痛めております。御仕事の方が心配でなりません。私は皆様の御仕事に対し魂のどん底から鑽仰いたしている者でございます――

というような事が認めてあった。

だがその後ふとした事から、これはどうも伸子の仕業であるらしい事が分った。学校や教育に対する私の気持を最もよくのみ込んでいるのは伸子だったから、私は伸子と話をする事に興味は持っていたのであるが、そのほとんど女らしさというものを失っているような態度が、私をして同僚以上に接近させることはなかった。

地方の教員が続々と上京して来る冬休み、私の学校では逆にこの休みを利用して児童の村とその教育精神を普く宣伝する為地方講演に出かける事になった。上中と篠田と私とは裏日本へ

の宣伝を引受ける事になって、十二月も末のある日、三人は上野駅から金沢へ出向いた。

我々の講演会が新聞に報道された時、土地の教育界にはかなりのセンセーションが起った。篠田伸子の演題が「教育と恋愛」というのであったからである。私は「生活原理の他に教育原理ありや」であり、私は明らかに生活と教育とを一元に見ようとするこの説には、一般に反対説もある事を知っているので力が込もった。

次に演壇に立った伸子は、いつもの黒っぽいセル地の洋服を着て、髪は無造作にひっくくって後にちょっと結んだまま、顔は煤煙ですすけて見えた。それにロイド眼鏡をかけたところが、如何にもインテリゲンチャらしく見えた。

「イヨー、モーダンガール！」

高等学校の学生がすぐ弥次をとばした。伸子は声の方を向いてにっこりした。

「私は教育を恋愛の関係にみようとする者であります」

開口一番聴衆の心を抉った。伸子はおもむろにコップを口に運んでから聴衆を一瞥した。

「教師は教える者であり生徒は教えられる者、教える者は上に立ち、教えられる者は下に位する。上下の対立、これが古い型の教育でありました。教育にもまた主従の関係があり、支配被支配の差別があったのであります……」

彼女は、主従・上下の関係ではない、恋愛のような平等対等に愛し愛される、学び学ばされる関係の中に教育をおこうとする事を滔々として述べた。固唾をのんで水を打ったような会場も、次第に弁舌が熾烈になるに及んで流石にざわめき退場する者もいた。遂に十五分の休憩となる。次の上中氏の痛烈骨を刺すような演説が更に場内を湧き立たせた。

その夜、上中氏は二人を宿に残して友人の所に行ってしまった。もともとこの地は上中氏の故郷なのであった。

十二月二十一日

雪のため漸次汽車は遅れる。ウラル地方から来た列車を見ると屋根の上はもちろんブリッジにも僅かばかりの窓の桟にも一面に雪が積っていた。駅には今雪の中から掘り出したような貨車が並んでいる。

えぞ松の林多く民家もだんだん良くなってくる。線路に沿って長い長い生垣がある。生垣の無い所には学校の踏板みたいな雪柵がどこまでもどこまでも立ててある。防雪の努力を思う。五時頃ピアトカに着く。手芸品の産地である。白樺細工品を売る店が多い。一、二土産として求める。巻煙草入れなどすこぶる巧みな技。面白い人形などもある。

*

私は伸子と二人で宿に泊ることになった。

「何だか変だね」

「何がですの？」

「二人だけで行くのがさ」

「私、女じゃないじゃありませんか」

「でも何だか今日は女のような気持がする」

上中が既に電話をかけていたとみえて、部屋には二つ床が並べてとってあった。二人は顔を合せて笑った。

伸子は如何にも痩せてみえる女だった。しかし湯上りの寝間着姿の彼女の肉体は意外にも豊かなものだった。

「私、結構太っているでしょう」

そう言って二の腕をちらりとめくって見せた。その腕は顔の色とはまるで違って白くふっくらとしていた。

「これじゃ全く夫婦だね」

私は火鉢の傍にどかりと尻をおろしてから言った。伸子は黙っていた。

「これはちょっと参ったな。やはり別にしようや」と私が言い終らぬうちに、

「先生、私先生にお願いがあるんですの」

と伸子は急に真面目な顔になって私をじっと見据えた。ただならぬ様子に私は少しこわばった。彼女は電気を小さいのにして坐ると、再び私を見据えて、

「私が先生を尊敬しお慕いしている事は先生もご存知でしょう、私はこんな女です。もちろん恋愛の経験もありません。男の人も知りません。先生、決してご迷惑はかけません。どうぞ先

生のお子を私に授けて下さいませ。お願いです」

と一気に言って深々と頭を下げた。

いや驚いたの何の、まさか伸子からこういう申出を受けようとは夢想だにしなかった。私は芝居でも見ているような錯覚に陥った。

「おい君、本気でそんな事言っているのか」

「先生の唐変木っ、私はもちろん本気で申上げているのにそんな事おっしゃって」

伸子は頭を下げたまますすり泣き始めた。私は始めて伸子が泣くのを見た。


やがて伸子は黒い顔を輝かせた笑みを見せて学校から去り、私の前から消えて行った。子供達の人気者であった彼女の突然の退職は無論学校の経営に打撃であり、すぐ後任を手配した。新しい訓導は美しい女性だった。

上中氏は私の友人で義弟でもある正田がM紙の特派員としてモスクワにいる事を知っていた。

「君はロシアに行って来い。革命後のロシアの教育でも視察して来るんだね」

事が何かと取沙汰されないように、一時的でも私も何等かの理由をつけて学校から身を引いていた方がよいと思っていた。ロシアに行って来いという上中氏の暖かい取りなしに私がどの位感謝した事か。学校の事は村野や山地がいれば大丈夫だ。それに野々宮氏も控えておられるのだ。

私は直ちに「教育教授の没落」「新学校の実際とその根拠」「小説学園に芽ぐむ」の三著を執

筆脱稿、出版社に渡し、その印税を旅費としてロシアに赴くことになったのである。

妻は薄々感付いていたかも知れない。私は自分の逃避行にいささか忸怩たる思いを感じないわけでもなかったが、新生ロシアの教育事情視察という大義名分を背負って出かける事に一種の興奮も覚えている。私は十分に彼の地を見聞して来ようという新しい期待と希望に胸ふくらむ思いもしているのであった。

現在私はまだ村の主事である身分を解かれたわけではないから、家族の生活は保障される筈だ。それもこれも上中氏のおかげだと自分に言い聞かせた。

と、まあこういうわけで私はモスクワを目指しているのである。少し長かったがこれでも私は大いに省略して、ざっと話し終えたところだ。

いよいよ明日はモスクワへ着くのだ。

十二月二十一日

いよいよモスクワだ。

早朝から目が醒める。起きて荷物を整理したりなどする。ボーイ達は忙しそうだ。一昨日途中で二羽の鴨を買って、ボーイに寒い所におくのを頼んでおいた。それを貰う為、案内によってヂーチという言葉だけ覚え、ヂーチ、ヂーチとやったがボーイ先生両手を広げ窓外の梢をさし、しきりに鳥の飛ぶ真似をして見せる。ヂーチは空中を飛ぶ鳥の事だと言うわけだろう。これはいかんと思って指を二本出し、二羽の鳥だと言っても通じない。苦心惨憺の結果、羽をむしった鳥二羽、紐でくくってさげた絵を書いてみせると、先生ああと頭を叩いてとんでいった。チップは紅茶とシーツの代を含め二人で二十二ルーブル余と書いたものを持ってくる。三十ルーブル渡して八ルーブルばかりのつり銭を待ったがとうとう持ってこなかった。

赤帽に荷物を持たせてまたぼられる。いくらやっても承知しない。

出迎える筈の義弟の姿が見えず、自動車を探して日本大使館の字を見せ七ルーブルと相談できめる。大使館につきやっと日本人の顔を見て嬉しかった。そこで義弟の住所を聞き自動車を頼む。十分位で行ける所を二十ルーブル巻き上げられた。

モスクワに着いての第一印象は、まずチップを始め金ばかり貪り取るロシア人に対する不快な思いだった。これは日本でもある事だろうか。私は国民の品格を思わざるを得なかった。

さて始めて見るロシアはやはり異郷であり何もかも物珍らしかった。モスクワには現在二百万人以上が住んでいる。革命後、非常な人口の増加で、市民は住宅難で喘いでいるらしい。乗り物が少なくてしかもノロノロ動く、町はどこも銀座通りみたいな人だ。その人々が背が高くて丸々と着ぶくれている。至る所に小さなパン屋があり、著しく目につくのは〈立ち売り〉で、色々な物が立ち売りされている。加工品、工業製産品は一般に非常に少なく従って価も高い。日常用いる品々も非常な欠乏を告げていた。チリ紙・石けん・シーツ・毛布等々の物資欠乏の状況はシベリアの列車でつくづく味わった。諸般の工業が未だ発達していないのが明白である。

それでも私は先ず活動写真に撮られて、しばらくすると市中の活動写真館に一斉に上映され、俄かに有名になってしまった。タイトルには「日本の教育家シムラ氏」とある。

私はおおよそ三カ月の間、精力的にこの国の教育事業を視察して回った。

ロシアの文部省（対外文化連絡局）は私に対し、『日本の教育家にして、特に我々の教育を視るべく来た人は実にあなたが始めてである』として歓迎し、著名な教育者をはじめ多くの教育関係者と会見する機会を作り、また教育機関のリストを用意したり便宜を計ってくれた。文相ルナチャルスキーとも会談した。

私は国民教育組織の概要を調べ、幼稚園から大学に至る十幾つの教育機関の現場、数個の国立研究所等を親しく訪れ、つぶさにその実状をきわめた。教師の生活実態やカリキュラムも具体的に調査した。また実験学校で行なわれている多様な教育改革の試み、コンプレックス・システム、ドルトン・プラン（既に日本でも行なわれている）の実施等を親近感をもって視察した。

資料も山のように蒐集する事が出来た。

三カ月の滞在には一カ月毎の手続きが必要であったし、共産主義国家として成熟しているわけではないから何となく謎めいていて、微かな無気味さも漂う中での私の活動であったから、日本に残した家族の事をそうそう心配する心の余裕はなかった。

ところが突如、青天の霹靂の如く、見知らぬ男より一通の手紙が舞い込んだ。曰く、

「貴君がかくの如くご妻女等を御放置され候わば憚りながら小生がご面倒を見て差上げたく存じ候えども如何なりや……」と。

何だと！　私はかっかっと燃え盛る頭に冷水をぶっかけられ、尚焼石に水の如くに熱くなっ

ている頭で、至急報を出した。

「帰国するが相当の日数を要する。待て」

さて、私には是非行かねばすまぬ所が残っていた。ヤスナヤ・ポリャナのトルストイの家だ。ロシア文学研究者の栗原倉人君と早速訪れる事にした。徳富建次郎がかつて二十貫もあろうかと書いたトルストイの末娘アレクサンドラ・リヴォフナ嬢は、私達が訪れた時には三十貫位の老嬢であった。彼女と気さくに懇談し、二階のトルストイ博物館や学校・ト翁の墓、付近の農村等々存分に見学し、またもや有益な収穫を得た。


今、私は帰国の途上にある。妻の事は少しも心配にならない。土産に指輪を三個買った。自分が多大の見聞を広めいくらか豊かになったような気分でいた。

教育の事、元より短時日の見聞を以て断案を下し得べくもないが、帰ったら早速「ソヴェート・ロシア新教育紀行」を刊行するんだという思いで頭の中は燃えていた。

ロシアの教育において、方法論的には我々のものと共通する所がかなりあった。『学科目別の学習でなく、家とか町とかいう題目の中で自分たちの生活を研究して行くと、自然にいろいろの事を調べてゆく事になる。つまり生ける実際の生活こそ、子供の研究すべき教材です』それを六十のお婆さん校長が言うのだから面白い。

だが教育の目的は大違いだ。我々は自由に個々の天分の伸展を計り、これを生活化する事によって、人類の文化を発展せしめようとする。

ロシアの教育当局はレーニンの言葉を引いて公言する。「学校教育は共産制度の有終の美を収むる為である。学校は階級戦の勇士を養成する所である」と。

はて……登り口は同じようでも頂上は違う。自分は非社会主義的な教育観というプリズムを通して見た事は否めない。

ゴトンゴトンという車両の響きを枕にうつらうつらする。帰ったらまず山のような資料の翻訳を……日本にはなくてロシアの家に必ずあるもの、それはサモワールとペチカ……。ゴトンゴトン。ゴトンゴトン……。

接点

雲一つない青空に太陽は白熱の光芒を放って、かっとまぶしく照り輝いている。もう何日も雨が降っていない上にやや強い南風が吹いている。この辺りは空地という空地には家が建ち道路は舗装されているから、昔ほど土埃は立たないが、それでも家具の上にはいつの間にかうっすらと埃がたまる。窓を開け放つより、結局窓を閉め、クーラーをつけることになる。こうした真夏の暑い日が続くとやがて八月十五日のあの終戦記念日がやってくるのだ。

「堪ヘ難キヲ堪ヘ忍ビ難キヲ忍ビ以テ萬世ノ為ニ大平ヲ開カント欲ス」(詔勅には濁点は無い)まことに聞き取り難かった「玉音放送」のその一節だけが何故か妙にはっきり聞こえた、あの昭和天皇の声と共にその日はやってくる。

一般国民はあの時始めて天皇の声を聞いた。それまで雲上の現人神である天皇の声が、直接ラジオから放送される等ということはなかった。始めて聞くあの声、一種独特の抑揚、しかも国家開闢以来の重大事を発表するその声が、耳底にこびりつき五十余年後の今日なお忘れ得ないのは、おそらく私だけではあるまい。

昭和二十年（一九四五年）八月六日広島に、同九日長崎に、得体の知れない新型爆弾が一発づつ投下され、一瞬の閃光と共に両都市は壊滅し、筆舌に尽くし難いその惨状は日本人を震撼させた。

それが原子爆弾であることが分るのは後のことである。ほとんど時を同じくして不可侵条約を結んでいる筈のソ連が参戦し、瀕死の日本にソ満国境からその軍隊が怒濤の如く侵攻してきた。事ここに至り、遂に日本は、ポツダム宣言（日本降伏後の処理条件を述べ、「日本の無条件降状を要求する、降伏せずば日本国の壊滅あるのみ」との米・英・中三国による対日共同宣言）を受諾し、連合国に無条件降伏をした。

ほんとうはこの日を終戦記念日というより敗戦記念日と呼んで貰いたいと私は思っている。その方が真実を現わしていると考えるからだ。しかし今日では平和記念日と呼びたいという人もいる。


あのいまわしい、そしてこう言うことが許されるなら、極めて馬鹿げた戦争……。あの戦争が始まったのは、私が旧制女学校の五年生の時であった。

昭和十六年（一九四一年）十二月八日の事である。その朝私は何も知らずに登校した。

職員室の前を通ると教務主任の先生が廊下の黒板にカタカタと白墨を鳴らしながら何か書い

ている。既に何人かの生徒がとり巻き、固唾をのむように先生の書き進む文字を追っていた。何事かと私も黒板を見た。

大本営陸海軍部発表

帝国陸海軍は今八日未明西太平洋に

おいて米英軍と戦闘状態に入れり

エーッ。日本がアメリカ、イギリスと戦争?! 瞬間私は脳天をハンマーで打ち叩かれたような衝撃を感じた。そして足許にまっ黒い巨大な奈落ができ、その奈落の底にずんずんと体が落ちてゆくような錯覚に陥った。

私は地理の授業が好きだった。旧府立第G高女、小学校で一、二番の者が集っている第G高女だが、私はそこの教育に少しも魅力を覚えず、また啓発される事もなかった。ただ地理の授業だけは面白かった。地理の池野先生は、私達に物事を考えさせるような授業をされたと思う。例えばアフリカ大陸の行政区分図を見てどんな事を思いましたか? というような質問をする。たしかにこの大陸は他の大陸に比べ、一見して非常に異なった様相を呈していたのだ。「ハイッ」と私は勢いよく手をあげる。「アフリカ大陸というのはほとんどがヨーロッパ諸国の植民地です」。ただし、これは六十年程前の事である。

その池野先生は教科書・地図の他に「地理年鑑」というのを副読本として使った。それは掌にのる位の小型だが、しかし厚さは二センチ位はある分厚いものであった。これには世界中の主要各国の人口・面積から始まり、軍備はもちろんのこと天然資源・各種生産業など諸種の保有数値と共に、それらは図式化され、一目瞭然で各国の国勢が分るようになっており、要するに各国の国力は一と目で比較できようというものである。この地理年鑑に馴れ親しんでいた私には、アメリカや、当時大きく植民地を所有していたヨーロッパの列強に比べ、日本がどの位国力が貧弱であるかという事を、いやという程思い知らされていたのである。日本には石炭はあるものの、その他戦争にもまた国民生活にも不可欠な物資である鉄・石油をはじめ非鉄金属類・ゴム・羊毛・綿花などをほとんど自給できず、もっぱらアメリカやイギリス領植民地からの輸入に依存しているのだった。石油の生産高などアメリカは日本の何百倍もあった。いろいろな物資がけし粒大粒の日本に対し、一・五～二センチ四方位の大きさで示されていて、その違いを視覚的に今でも克明に覚えている。既に日本は数年前より中国を相手に戦っており相当疲弊している筈であるのに、更にそんなに国力の違う大国を相手に戦争して勝つ筈は無いではないか。この戦争はきっと負ける。と十六歳の少女の私でさえそう思った。あの開戦の日に日本の敗北を予感した人は決して少なくはなかったと思う。

だが一方では、日本は万世一系の天皇が統治され、一度も外敵の侵略を受けた事がない神聖な国である。古くは元寇の役で神風が吹き敵は敗退、日清戦争で勝ち、日露戦争でも勝った。わが国には他国にはない大和魂というものがある。神国日本は絶対負けない国である。そんな事を多くの日本国民が信じてもいたのだ。

これは私の遠い記憶なのだが、東条英機は多分開戦の時だったと思うが「清水の舞台から飛び降りる気持で」と言ったという事を聞いた。「清水の舞台から飛び降りる」という事は決死の覚悟でということである。それなら一か八か、戦争を負けるのも覚悟でやるというのか。人一人が決死なのは構わないが、一国の運命をかける戦争をそんな気持で始められては、国民はたまったものではない。私は当時この不謹慎な言葉に激しい怒りを覚えたのを忘れはしない。

もちろん、開戦は彼一人の責任ではない。それ以前に遡る経緯や一群の戦争指導者の責任であり、最終的には聖断が下ったのである。

しかし、目先の戦略・勝算があるだけで、戦争勝利への明確な見通しなどない無謀な開戦であることを、この一言は明瞭に物語っていると思うのである。

緒戦こそ戦勝に湧いたが、戦争は短期に終らず戦線は拡大し、作戦可能な限界を超えていった。広大なアジア太平洋の各地に送り込まれた日本の軍隊は、武器も弾薬も食糧も補給されぬまま、悲惨な運命を辿ることになる。

前線がそうであるように内地でもまたすべての物資が欠乏していった。食糧が乏しくなる。着るものが乏しくなる。衛生材料が乏しくなる。国民の家庭から鉄類鍋釜を供出させて武器を造るという。指輪なども何にするのか供出させられる。

米は早くから配給制度になっており、始めのうちは少しでも配給があった。しかしそのうちに米らしい米も配給されなくなるのだ。食糧難は戦後も数年続き、昭和二十三年頃まだ時には高粱粥などを食べていたし、野菜の配給に行列し、葱一本とか大根三分の一とかを買っていた。

ある時友人の家へ行くと彼女はお茶の葉を煮て食べていた。そして「おいしいわよ」と言った。

成人した女性は、生理用品が無くて泣く泣くおむつの様なものを用いていたようである。ちょうど更年期にさしかかっていた母は、その不規則で多量な排出に本当にべそをかいていた。見なれた浴衣が切り裂かれ、井戸端でそれを洗っていた母の姿が今でもありありと浮んでくる。

母は家族の為にチリ紙を何とか手に入れてくれていた。身体的に未熟だった私も時には困ったが、おむつは使わなかった。ある時自分で薬局に行き、「脱脂綿がありますか」と聞いてみた。女性の生理用品も今日のようにスマートなものなどまだ開発されていない時代である。薬局でこれならありますがといって出されたのは医薬用に少し脱脂綿が入っている極めて小さい箱で、値段を聞くと目玉が飛び出る程高かった。その時持っていた一週間か二週間分の小遣いを全部はたけば買えるには買えたが、そんなに無理をして買ったとしても、それはたった一度分位でしかなかった。私は迷いに迷い薬局の前でいつまでも逡巡していた。そしてとうとう買わずに帰った。

そんな時代のある日の出来事である。明確ではないが、それはたしかまだ本土が空襲にあう前の戦争中期のことだったと思う。

「今日はひとつ米を貰いに行くが、お前も一緒に来るか？」

と珍しく父が言った。

「うん、行く行く。だけど一体どこに貰いに行くの？」

「三里塚の〇〇小学校だ」

　当時既に小学校は国民学校と呼ばれるようになっていたかもしれない。

「え、小学校に？」

「田舎の小学校ではね、米を作っているのだよ。それを少し分けて貰おうと思う」

「ふーん、そお、小学校で……。分けてもらえるのかなあ……」

「なーに。わしの良く知っているのが校長をしている。わしがいろいろ教えたり面倒を見てきた所だ。困った時には何とかしますと以前から言っていたから大丈夫さ」

　父と私はリュックサックを背負って意気揚々と出かけた。初冬の頃だったと思う。当時既に交通機関にも支障が出ており、汽車が走るのは一日に何本か、かなり限られていた。汽車もつぶして武器にしたのか、あるいは軍用に回されていたのか、動かす人間が少なくなっていたのかそれは知らない。健康な男子はどんどん出征し、内地に残っている者は、体の悪い者か重要な任務についている者である。

　とにかく私たちは汽車に乗った。父と食糧を仕入れに行くなどというのはその時が始めてだった。買い出しはもっぱら母の仕事で父が買い出しに行くなどということはなかったのである。教育評論家としての父の理論に共鳴して父を慕っている人々が時々食糧を届けてくれる事があり、それは大てい学校の教師であった。私は父が教育の現場に対して多少の名声を博しているらしい事は感じていた。ただ父は経済的には弱く、私の家は、私が物心ついてからずーっと貧乏だった。しかし眼鏡をかけ原稿用紙に向ってどんどんとペンを走らせている父の後姿を見ながら、私はわけもなく父を偉い人だと尊敬していた。父は何でも知っていた。何か聞くとすぐ答えてくれる。しかも確信に満ちた威厳をもって答えてくれる。父に知らない事ってあるのだろうか。そんな父であったから親子といっても一線を画するものがあった。その父と一緒に食糧を仕入れに行くという日常的な行動を共にできることで私は楽しい気分になっていた。「なーに大丈夫だ」という楽観的な父の言葉を信じて大舟に乗った気分で父に従っていた。

降りた駅から近かったのか遠かったのか、どうやってその小学校へ辿り着いたかはほとんど覚えていない。

学校へ着いた時は太陽はもうやや西の方へ傾きかけていて、通された校長室に午後の陽が降りそそいでいた。父と私は椅子に腰をおろした。頭がつるつると禿げて元気そうな赤ら顔の校長と、父は簡単な挨拶を交し来意を告げた。校長が部屋を出てゆき間もなく帰って来ると、しばらくして二、三人の先生が入ってきて何やらぼそぼそと小声で話していたが、やがて校長は私たちの方へ向って大きな声で言った。

「いやあ先生どうも弱りました。せっかく東京からはるばるお出で下さったのになんですが……そのーどうも近頃はこのあたりも食糧難になりましてねえ……すっかりやかましくなりました」

「……？」

「実はその……先生、差上げる米が無いのですよ」

父は意外な面持ちで校長の顔を見た。しばらく沈黙が続いた。校長と教師達はまるでとり囲むような態勢で私たちを見おろしている。ちょっと異様な雰囲気だ。

父は校長の言葉が腑に落ちぬというように言う。

「なーに、あなた。たくさんとは申しません。ほんの少しばかりでいいんですよ」

「いや——その少しばかりとおっしゃいましてもねえ……困るんですよ」

「まあ、そうおっしゃらずに……少しばかりで結構ですから何とか分けていただけませんか」

「どうも弱りましたな——米を差上げるわけにはいかないんで……」

「無理を申してなんですが……この所東京では米の配給がなかなかないんで、ろくに飯も食べられないような状態でしてねえ……」

校長の態度は少しも変らない。それはお気の毒ですがという感じもなく、ますます硬化した。

「先生。そうおっしゃいましてもねえ……お分りでしょうが大体、学校の米というのはあなた、生徒達が汗水たらして作った米なんですよ、生徒たちの食糧ですよ」

こういう相談か事前になされていたのかと思わせるように、教師達はいつまでも私達の前に立ちはだかっている。

「それはもうよく存じております。ですからたくさんとは申しません。ほんの少しばかり何とか都合していただけませんか」

「どうも困りましたなあ——米ばかりはもうどうにも差上げるわけにはいかないんですよ」

生徒たちが作った、生徒たちの食糧だ、と言われては教育評論家として教育を論じ、教育者達を指導してきた父が、それ以上無心するわけにはいかなかった。

「そうだ、あれを……」

と校長が教師に何か耳打ちした。一人の教師が出て行った。代りに何かくれるのだろうか、ひょっとしてあわか何かでも持ってきてくれるのではないかと、父と私は一縷の望みを抱いて待った。やがて教師が何か入っている麻袋をぶら下げて帰ってきた。

「そこにちょっと出してごらん……」

と校長が言った。茶色い大きな紙が敷かれてその上に教師は袋の中味をあけた。父と私は息を殺して見守った。ざらざらっと音がして黄金色の玉蜀黍の粒が積みあげられた。見たこともない大きさの見るからに固そうな乾燥した玉蜀黍の実であった。それは窓ごしの夕陽に燦然と輝いた。

「……」

校長は一粒つまむと噛ってみせた。

「ちょっと固いですがね……」

「これは『馬の歯』というんですがね、実は飼料なんですが」

校長は口の中の玉蜀黍のかすをつまみ出すと紙屑籠の中に捨てた。

「何とか工夫次第では、食べられんこともないんじゃないかと思うんですがね」

「ぽんせんべいの機械か何かで焙れば食べられるんじゃないですかね」

と一人の教師が言った。そんな機械などあるわけはない。

「そうですか……あ、少しで結構です」

とその馬の歯なるものを少し袋に入れて貰うと、もう私たちはそこを辞すしかなかった。「馬歯玉蜀黍」というのは元来家畜の飼料として作られる物で、人間は食べない物であるという事を私たちは全く知らなかった。

釣瓶落としという秋の陽は既に雲間に沈み、あたりには暮色が漂い始めていた。

父と私は馬車に乗っていた。薄暮の田舎道をコトコトと揺られていた。今日はもう東京へは帰れない、帰りの汽車が無いのだ。学校で馬車を呼んでくれたのだろう。今夜はこの近くの小さな民宿のような所へ泊る事になったのだ。

その田舎道の両側は見渡す限り落花生の畑のようで、既に収穫は終っているとみえて、所々に落花生の葉茎の部分がうず高く積み上げられているのが薄明りの中に見渡せた。

「せめて、落花生でもあればよかったなあ……」父がぽつんと言った。

「うん、そうね」

こんなに広々とした落花生畑から取れた落花生はどこへ行ってしまうのか。戦地の兵隊さんに送られるのか。考えてみると落花生なども久しく拝んだ事がなかった。

馬車は轍の跡でゴトンゴトンと揺れ、その度に空のリュックも揺れた。

私は娘の前でにべもなく断られた父の屈辱をしきりに思っていた。教育者でもある父に対し、「米はあなた、生徒が作ったものですよ」、子供たちの大切なものをと、逆に説法されてしまったような父の心中を思うと私の心は重く言葉が無かった。私の「偉い父」は身を低くして再三懇願したのだ。それを思うと更に胸が痛んだ。父と娘は無言で三里塚の落花生畑の藍紫に暮れた夕やみの中を揺られていた。畑は黒々とし、はるか彼方には更に黒く雑木林が沈んでいた。やがて道端に灯りのついた一軒の家が現れた。年老いた馬方はそこで馬を止め、私たちは降りてその家に入った。ほの暗い燈の中で、しかし、出された夕食は私たちにとって最近口にした事もないような御馳走、白米の御飯と、すき焼だったのである。すき焼の肉はたしかに牛肉だった。父と私は今日の恥辱を一瞬忘れて、生玉子にまぶしたすき焼の具をぱくついた。葱や白たき、豆腐や人参、それに生干しの乾燥芋なども添えられていて実においしかった。

食事がすむとお風呂があるという。父が先に、私が次に入った。田舎家の小さい風呂である。まっ黒い廊下をゆくとぎいぎいと床板が鳴った。風呂からあがると先刻食事をした部屋に夜具が二人分、ほとんどつけて敷いてあった。

父は「ふとんをもっと離して……」と少し怒ったような声でおかみさんに頼んだ。頼むというより命じたという方が当っている。

父と並んで同じ部屋に寝たのは後にも先にもあの一夜だけのような気がする。

あの日、いつも余分のお金など無かったわが家に、二人分の汽車賃とそれに宿代まで父が持っていたのが不思議に思える。いや、たまたまお金が入ったので父は私まで連れて行く気になったのであろう。そしてそれは全くの無駄使いに終ってしまったのだった。

昭和十七年六月には早くもミッドウェー海戦で日本は大敗を喫し、南太平洋進攻作戦の中止を決定する。この海戦は緒戦からの日本軍の優位が崩れる転機となった。八月には米軍がガダルカナル島に上陸、この島の攻防をめぐり南太平洋で激戦の末、翌十八年二月ガダルカナル島を撤退した。新聞ではガ島の敗退を「転戦」と報道したが、いよいよ日本が敗け戦に転じた事が国民にも分ってきた。

五月にアッツ島「玉砕」。その後南太平洋の島々に割拠していた日本守備隊が次々に「玉砕」してゆく。投降を許されぬ日本軍には、戦死か自決の道しかなかった。

そのような戦況下、多くの大学生が学業半ばで戦場へかり出されて行った。昭和十八年十月出陣学徒壮行大会が秋雨そぼ降る神宮外苑競技場で行なわれ、次兄はその一員として出征して行った。学生服にゲートルを巻き、銃を肩にして雨中を行進する学徒のニュース写真は、その後何度となくテレビで放映される事になるのだが、その列の中に兄の姿も映っている。

その頃、中野正剛は戦争遂行方針をめぐって東条政権と対立し、倒閣容疑で憲兵隊に逮捕され、後、彼は割腹自殺した。

父はその前後大日本興亜同盟の編集部長をしており、「興亜」という雑誌の編集によって、戦争協力をしていた事になる。

昭和十九年インパール作戦失敗、日本の委任統治地であったマーシャル群島、マリアナ群島のサイパン、グアム、テニアンと次々に日本の守備隊は全滅してゆく。この間に、独裁への不満・不信から万策尽きた東条内閣は総辞職。十一月にはマリアナに設営した米軍基地から始めてB29が東京を空襲した。

昭和二十年三月十日の真夜中、東京に大空襲があった。私の家は中野区で西武線の近くにあった。防空頭巾をかぶって庭へ出ると、ぶるるんぶるるんというあのＢ２９爆撃機独特の爆音がはるか西の上空から響いてくる。大編隊らしく爆音は呼応し合ってうなるように響いてくる。真黒な空を背景にそれはまるで銀色のトビウオの大群のようで、見事な大編隊をなして後から後から頭上を通り越して東の方向へ向ってゆきやがて東の空が真赤になった。燃え上る焔が空を焦がしているのだ。それは相当広範囲にわたっていて、いつまでたっても赤々としてなかなか消えなかった。戦史によれば三四四機のＢ２９で約二千トンの焼夷弾を二時間余にわたって投下した。おりからの強風にあおられて史上空前の大火災が発生し、首都の約四〇％の面積・約二十六万七千戸が焼き払われ、死者は推定十万人に達したとある。これは後に十四万人に増加した。

その後名古屋、大阪、神戸と次々に空襲を受け、東京以下五大都市の大半が焼土と化した。その頃、太平洋戦線でもっともすさまじい死闘が展開されたといわれる硫黄島も玉砕した。東京は五月にもまた大空襲を受け、焼け残っていた山の手がほとんど焼けた。幸にもわが家のある付近は焼け残り、隣りの駅から先は見渡す限りの焼野原である。

私は女学校を卒業してから国民生活学院という二年制の小さな学校へ行った。母は女子大へと言っていたが、私は面白くなかった第Ｇ高女の教育にこりていて、また学校へ行ってつまらない勉強をするのかと実は憂鬱であった。女子大の、そこだけ四年制の社会学部第四類へ出した願書を勝手に反古にして、一年でも短い方がよいと三年制のある女専へ願書を出していた。

試験はなく書類選考だけで当然受かると思っていたのが落ち、私は行く所がなくなっていた。

私が勝手に女子大の願書を破棄した事について両親は怒りはしなかった。そこに父が探してきたのが国民生活学院であった。某出版社の社長が出資して出来たばかりの学校であったが教育内容は立派で、講師陣には錚々たる文化人が名を連ねていた。

戦争が次第に激化する中で、社会派の人が多かった学院経営は支障を来たしながらも何とか運営され、どうにか卒業した私は学院に残り助手をしていた。その学校は目白駅から椎名町の方へ行く目白通りにあった。

西武線の線路の上に立って眺めると、どうも学院の方は焼けてしまったように見えた。実は数日前に学院の道具をすべて二キロ程離れた椎名町の方へ疎開させたばかりであった。生徒たちは既にいくつかに分れて疎開しており、目白の学院ではもう授業をしていなかったのである。

私は事務員らと書物や実習・実験の道具などをリヤカーに積み目白通りを何往復もした。ピアノ等の大物はもちろん別の方法で運搬した。目白通りは強制疎開で道路沿いの家をタンクのようなもので壊していた。家はつぶされ、埃りが立ちのぼりその光景はこの世の様とも思えない。類焼防止の為なのであろうか、または軍隊の通る道を作る為なのか、三月の大空襲から見てもこんな事はもう無駄のようにも思えた。

タンス等の家具が道に放り出され「どうぞご自由にお持ち下さい」と書いてあるが、そんな物に目をくれる人はなかった。皆が、行く先さえあれば一日も早く東京を脱出しようとしていた。

学院の荷物を疎開させた場所は、実は奇しくも、私の父が大正十三年に同志と共に、真に児童の為の新しい教育を創造しようという理想に燃えて開設した「児童の村小学校」という学校の跡地だったのである。残っている石の門柱に「児童の村小学校」という標札を発見した時、私は驚き、父との不思議なつながりを感じていた。

この学校で父は主事としてその経営に当っていたが、そこに父が招聘したHという女教師がいた。彼女は後に下町でセッツルメントなどを起していて、学院でその施設を見学に行った事があった。その人の名は家で時々聞いており、私はH女史を知っているという事を少し自慢に思っていた。H女史の話が終ると、一番前に腰かけていた私は女史に向って「先生、〇〇をご存知でいらっしゃいますか、私はその長女です」と名乗った。途端にH女史は大きな目玉が飛び出さんばかりに目を見はって私を見た。

その日、家に帰ると私は「今日、Hさんのセッツルメントに見学に行ったのよ、お父さんHさんを知っているでしょう?」

と言った。父は新聞を見ていた顔を上げずに、

「知っているどころではないさ」

と言った。その晩母が、

「あの子は知らなかったのか、まあそのうちに分る時が来るさ……とお父さんは言っていなさったよ。実はね、Hさんにはお父さんの子供がいるのですよ。ちょうどあんたと同じ位の男の子がね」

今度は私が息が止る位驚いた。母はその事について淡々と語った。母の話はHさんに同情しているように聞こえた。

「お互いにがんばりましょう、と握手をして別れたんですよ」と母は言った。「お母さんは、子供を七人も産んでいますからね……」と夫の行為を別にとがめもせず許容しているようでもあった。二〇年余りも前の事なのだ。その後夫は児童の前に立つことをやめた、とも。生来暢気なのか、こんな重大事件を知っても私はこの事について悩むなどという事は一度もなかった。母が既に克服していた事が分ったからであろう。ましてやあのセッツルメントも焼けてしまったであろうに、そんな事を思いもしなかった。

あの椎名町へ運んだ学院の荷物はどうなっただろう。もちろん電車は通っていない。私は西武線の線路の上をどんどん歩いて、焼野原の中を下落合あたりから北へ上り椎名町の方へ向った。私にとってそんな因縁の深い児童の村小学校跡に辿りつくと、せっかく苦労して運んだ物は全部焼失し、焼けこげたピアノにゆがんだピアノ線の放列が無惨な姿を晒しているだけであった。実験実習の諸道具など跡形もなかった。私はがっかりして一人トボトボと焼跡をまた線路伝いに家へ帰った。

遂に私の家でも疎開を急ごうという事になった。近所に住んでいた叔父一家が一足先に疎開していた栃木県の氏家という所へ、五月の大空襲の後、私たち一家は大慌てで疎開した。八畳間の側面に床から天井まで特別に作った書棚に一ぱいの蔵書や、他の部屋にもたくさんあった書物のほとんどを、父は二束三文で売りとばさなければならなかった。それでも持っていってくれるのは有難い事なのであった。世界文学全集、日本近代文学全集、新興文学全集、社会思想全集、世界美術全集、童話大系、大衆文学全集、万花図鑑等々の全集物のすべてが、この時わが家から失くなった。この中には父がH社の編集部長をしていて自ら手がけたものもあった。

出来るだけ少なくしても家財道具は荷馬車に山となった。荷物の多さも災いして途中で馬がこけて足を怪我した。大分遅れてやっと氏家まで辿りついた馬方は、馬もろ共、私たちの疎開先である大きな農家の厄介になり、白米をたらふく食べて、馬の足が治ってから東京へ帰っていった。

氏家での生活は快適といえば大げさだが、米も小麦粉も野菜も鶏も玉子もあるし、その家には大きな池があって鯉がたくさんいたし、近所の人が小川でうなぎを取ってきてくれたりするので、私たちは食べ物には困らなくなったのである。その家のおばあさんが小麦粉をこねて機械に入れてハンドルを回すと、たちまちうどんとなって出てくる。私たちはそれを見物し、コシの強い白光りのする美味しいうどんを、たっぷり食べたりした。そういうわけで食べ物には困らなくなったが、母や私たち姉妹の着物がほとんど全部なくなってしまった。私たちの着物は母がへそくりで私たちの嫁入仕度にと作りためたものだった。

父と私と妹の三人は、氏家から汽車と電車を乗り継ぎ一時間程の所にあるN飛行機製作所につとめた。そこの社長のK氏と父は、小学校の同級生で腕白仲間だった。彼は快く三人とも引受けてくれたのである。私と妹はいわゆる徴用のがれである。妹は会計課に、私は厚生課の寮舎係りという所に配属された。

大した仕事はなかったが、生活物資の配給などを手伝っていた。この辺までは空襲はやって来ないだろうと思っていたが、ある時工場に爆弾が落ちて大きな穴が開いた。他の被害は分らなかった。通勤途上の汽車を狙われた事もある。戦闘機が低空飛行をしてきて機銃掃射をあびせたのである。その時は汽車から飛び降りて土手を駆け降り、沢に下駄をとられながらその向うの林に逃げ込んだりした。ある時はもう逃げ遅れて車内の椅子の下に頭をつっ込んでいた。プップップッと弾が車体を射る音がしたが私には当らなかった。

この頃、米軍は沖縄本島に上陸、絶大な戦力を以て猛攻撃してきた。沖縄の日本軍は劣弱で勝目はなかった。一般住民を巻き込んだ悲劇的絶望的な三カ月になんなんとする抗戦の末、日本軍は全滅し、多くの住民が残酷無惨な運命を辿った。そして船艦大和は一日も戦わず海底の藻屑と消えた。

私は正直に言うと、この戦争の大義が分らなかった。大東亜共栄圏の為だ、正義の戦だ、聖戦だという。一体正義とはどういう事なのだろうかと考えていた。ある日父との帰り道、私は父に聞いた。

「お父さん、日本は正義の戦、正義の戦っていっていっているけれど、正義って一体どういう事なの？」

「正義とはね、生きることさ」

父は例によって言下に答えた。

「生きること」、それは全く予期せぬ解答であった。私は二の句がつげず黙っていた。

生きること。日本は生きる為に戦争をしているというのか。戦争をしなければ日本は生きてゆけないのか。私にはどうも納得がいかなかった。

しかし納得のいかない戦争も、疎開してから三カ月足らずで遂に日本の無条件降伏によって終った。

昭和二十年八月十五日正午、N飛行機工場の松林の中に全員が集合した。これから天皇陛下の重大放送があるという。やかてラジオから聞き取り難い声が流れてきたが、ほとんど何といっているのか分らなかった。結構長かった。風に途切れ途切れ、終り頃になってやっと「耐え難きを耐え、忍び難きを忍んで」とか「太平を開かんと欲す」という言葉が聞こえた。分ったような分らないような顔で、皆一様に押し黙っていた。工場長は、

「日本は無条件降伏をした。今後我々の身にはどんな事が起るか分らない。皆よく覚悟して今後に備えるように」というような意味の事を、堂々とした体躯、浅黒いがっしりした顔立ちに似合わず悲壮な調子で話した。進駐して来る米軍にあたかも男は銃剣で小突かれ、女は辱めを受けるというような想像をかき立てる話し方であった。

工場長の話は少しおかしい、そんな馬鹿な事はないと私は思った。何故なら既に数カ月前に

ドイツが無条件降伏していたが、日本の新聞に連合軍が敗戦国の国民に残虐行為をしている等というような報道はなかった。もしそんな事実があるとすれば、日本国民に本土決戦一億玉砕の戦意を昂揚する為にも、降伏すればこうなるぞという事を大いに誇張して報道するに違いない、等と私は稚拙ながら考えたりした。工場長の話は悲観的すぎると思ったし、今後の事を心配する気持は全く起らなかった。それより戦争が終った事がただもう無性に嬉しかった。本土決戦、半信半疑ながらも一億玉砕を覚悟していたのに、玉砕しないですんだのである。本土決戦となれば敵はどこから上陸するであろうか、まさか東京湾へ侵入することは出来まい。鹿島灘か、相模湾からか。我々はどこへ逃げる？　山の方へ向ってどんどん逃げる、箱根から更に中部地方へ、日本アルプスへ、あんな山の中に逃げのびればなかなか見つかるまい、だが食糧はどうする等と真剣に考えていたのだから……。何という晴れ晴れとしたこの自由さだろう。日本よ、よくぞ降伏してくれた。負けて当然の無謀な戦い、口惜しいとも思わなかった。解放感と虚脱感とをないまぜにした五体が大気の中に放散するようにふわふわしていた。

父は、終戦の日にはもう次の仕事を考えていた。悪く言えば変わり身が早いということか。軍国主義は敗北した。これから日本は文化国家として立ってゆくのだ。それには教育のやり直しが必要だ。日本は封建主義社会に決別し、これからは民主主義の社会になるのだ。タテ社会からヨコ社会へ。

民主主義。フォアピープル・オブピープル・バイピープルだ。民主主義による教育が必要だ。

教育新聞を創る。父はいち早くその構想を練った。そういう企画はお手のものであった。僅か三カ月足らずの軍需工場勤務で私たち親子は思いもかけぬ退職金を手にし、それが活動資金となった。

焼け残った中野の家は人に貸してあり、なかなか明け渡してくれそうもないので、成城学園前の父の友人の家をひとまず借りることとなり、一家は早々に疎開地を引きあげた。疎開中親切に世話をしてくれたその家の人々との別れを惜しみつつ。

敗戦・降伏を受容し難く、また天皇の御気持を思いやってか、宮城前で自決する人々もあったりしたが、父はその年の十二月には、以前から根城としていた教育会館に事務所を置き、週刊の小さな「教育新聞」を創刊した。

新しい教育は如何にあるべきか、指針を求め読物に飢えていた現場の教師からドッと購読申込が集った。私は新聞記者の真似事をやり編集を手伝った。

紙は汚いザラ紙である。その紙もなかなか配給がなくて、闇の紙は高い。紙の入手には苦労していた。スタートは上々だった教育新聞も一年経つと苦しくなった。そのうちに同じ教育会館の中に同類紙が現れ、資本力に物言わせ日刊紙大のものを発行し始めた。また教員にも労働組合が出来つつある中で、うちのように家内工業的な小企業では、従業員からぽつぽつ不満が出て、対抗紙の社員と通じるようになっていた。経営という面では全く才能の無い父は、やがて資本力のある対抗紙と合併せざるを得なくなり、二十三年五月には円満な話合いの裏でこの事業を投げ出した。父は何をやってもあまり長続きしない性格であることがこの時も如実に現れた。父の仕事は一幕物だとの定評もあったのである。人に使われるのは徹底して嫌いだし、自分でやるには経済感覚が欠如していた。要するに計算をしない人なのである。

学徒出陣していた兄は二十一年三月にひょっこりと幽霊のように復員してきた。母が何回となく出した移転通知の一通が運よく届いていて、成城の家の庭先に忽然と現れた。縁近くにいた私が一番先にそれを見た。私は思わず兄の体のあちこちを触ってみた。幻ではなかった。

私は哲学青年であるこの次兄が殊の外気に入っていたから、元気で復員してきたのは無上の喜びであった。しかしそのうちに彼は私にとってなかなかの曲者となってゆく。というのは私に対し二言目には、

「早く嫁に行け」

というようになったからである。

敗戦によって日本にもたらされた民主主義は、よく言われるように日本国民が自らかち取ったものではない。明治維新のように、とにもかくにも国民が自らもたらした変革ではない。民主主義といっても、それが直ちに私たちの生活の根深い所に浸透したわけではなかった。また、国民一人一人の自覚の度合いによっても違ったであろう。

戦後女子にも開放された大学へ行き法律を学び、高裁の判事にまで登りつめた親友がいる。しかし私には残念ながら自覚が無かった。自分の事を自分で考えてゆく能力はまだ出て来なかった。戦前からの結婚適齢期は二十歳前後などという意味もない考え方が家族や私を支配して

いた。私に女子大へ行くことを切に奨めていた母でさえ、娘は二十歳位までには嫁にゆかせたい等と平気で言っていたのである。女子大へ行けというのと、二十歳位で嫁にやりたいというのとでは大いに矛盾していたし、私は既にその年齢を過ぎていた。

兄が「早く嫁に行け、早く嫁に行け」と言うのには理由があったに違いない。私の下にまだ妹もいて、自分が結婚するには二人の妹が嫁に行かずにいるという事は何となく邪魔だったのではないかと、私は俗な見方をしている。兄に洗脳されるまでもなく、私も早く嫁に行かねばならないのかなと思うようになっていた。適齢期を過ぎれば益々結婚が難しくなる。特に戦争で若い男性の多くが戦死し、圧倒的に女性の方が多いのだ。

自分の一生の設計などありはしなかった。何故結婚しなければならないのか深く考えた事はなかった。また自分に特に才能があるとも思えなかった。とにかく普通一般のように結婚し、何とか幸福な家庭をつくり、子供を育ててゆくことがよいように思われた。

その時、唯一私にあったのは、国民生活学院が目標としていた、国民生活の指導者という極めて漠然とした概念であった。この学院では、一般教養の他に、栄養、保健、保育、労務管理というような生活技術の習得に力を注いでおり、卒業後各自の努力によって、それぞれの分野において国民生活の指導的役割を果たすように望まれていた。また職業につかない者は地域において国民生活全般に対して指導的役割を果すようにと謳われていて、「生活士」というタイトルの確立へ向っての萌芽もかすかにあったのである。そこから割り出すと、私はさしずめ隣組において何等かの指導的役割を果たすこと位しか考えられなかった。もう少し私が後で生れていたら、今の世の中だったらと、時を経るにつれ私は何度もそう思った。

結婚後、家庭の事情から私は働き出し定年まで会社勤めをした。私が自分の一生の設計を考えるようになったのは子供達が独立した晩年になってからで時既に遅しであった。しかし今以て分らない重要な事がある。

それは父の考えである。父は娘に対してどうあってほしいと考えていたのであろうか。教育のエデュケーションという言葉は、原語を糺せば「可能性を引き出す」という意味でもあることを、門前の小僧の私は心得ていた。教育理論の実践者である父は娘の私に対しては、一生の可能性という事までは考えなかったのであろうか。

父はある友人に私の婿探しを頼んだ。その結果、私は現在の夫と見合した。「気に入った」という先方に対し、父は勝手に娘をやる事にして日取りまで決めてしまった。二カ月余しかなかった。その間に二度ほど逢っただけで、私は愛情も恋情も抱いてはいない男と結婚する。その数日前に日取りの事で文句を言っているのを聞いた父が、

「そんならやめてしまえっ！」

と物凄い剣幕で怒鳴ったのを思うと、父の心中にはやっぱり娘をやってしまう事へのどうしようもないジレンマがあったのだろう。何故あれ程進歩的な父が私をおめおめと、旧態依然の陋習の中で嫁入りさせたのか。

父は常々「本を読まないと馬鹿になる」と言っていた。結婚する時私は何か一冊持って行く

本を推薦して欲しいと父に頼んだ。父はベーベルの「婦人論」を私に渡して「本当はこんな本を読むといいんだけれどね」と言った。その本は今も私の本棚にある。白状すると私は未だにベーベル著、山川菊栄訳「婦人論」を読んでいない。目次位は見たから、大体どんな事が書いてあるかおおよその見当はついている。大分古くなったと思うが、死ぬまでには何とかこのむずかしい本を読んでみたいとは思っている。そんな書物を私にすすめる父が、何故世間の慣習に従って、人格的には理解し合ってもいない結婚を黙認したのか、私は今だに分からない。口では新しい事を言いながら娘の結婚については旧態依然だった。

こうして私は昭和二十三年三月に結婚した。そもそも私は「結婚」ということにそう夢を抱いてはいなかった。結婚してもしなくても、良いことも悪いことも五分五分と達観していた。それは両親の生き様から会得したものであった。しかし私にも多少の心意気はあったのである。当時の日記に私は書いた。
「私は自分でこの道を選んだ。友達はそんな愛情も無い結婚なんて野合だとののしる。私は天に向って唾するのかも知れない。もしこの結婚によって私が不幸になったとしても、それは自分が選んだ道だから私は潔く甘受しよう……」と。

この日記に書いたように私の結婚には苦難が待ち受けていた。私は夫の性格は分らないものの実は客観的な分析は行っていた。中学四年生から国立大の予科へ行ったというから、克苦勉励型であると判断した。父親の古外套などを着用し、戦後三年も経っているのに雨もよいの日にゲートルを巻いていたことから、勤倹節約型でありまた質実剛健であると判断していた。虚栄心の強い私とは正反対で、こんな美徳の三拍子が揃っている人は貴重であるとその価値を頭で認めていたのである。この診断は正解で、今日に至るも毫も改める必要がない。しかし無口でおとなしい反面、いざとなると癇癪を起すことまでは分らなかった。

結婚六年目に夫は体調を崩す。治ってから時々ひどい癇癪を起すようになった。会社での事情もあったのであろうが、それは並大抵ではない。子供を抛り投げたり、私を足蹴りにしたり、ぶっ叩いたり「出て行けっ！」と喚いたりするのである。私は実家に泣きつくような事はしなかったが、その事実は冷静に話した。その時。母は、

「Kさんは良い人だから我慢しなさい」と言う。

「人間には無くて七くせ。どうしても我慢できないような嫌なこと三つまでは我慢しなさい」と言うのである。それは母のそのまた母からの教えらしい。一方父はいとも簡単に、

「あまりひどかったらいつでも帰ってきなさい」

と言うのであった。

しかし私には結婚当時書いていたように、自分で選んだ道は自分で全うするという決意があった。それに子供にとっては例えどんな父親であろうとも、父親というのは、地の果まで探してもこの人しかいないのだ。子供の為に「両親の揃った家庭」を守り抜くのだという石よりも固い決意があった。あまりにも甘い父の言葉はただ有り難く聞くに止めた。私は母の「金科玉条」を守り抜いて今日に至った。

百四歳まで生きて、私が最後の十年あまり面倒を見ることができた母に比べ、父は割合に早く、七十六歳の時脳溢血で倒れ、半年後に死んだ。母がつき添っていた事と、私が当時働いていた事もあって父の病床をあまり訪れることができなかった。三十年後独居の母を訪ね鎌倉のK寺の境内を歩く時、私はいつも何もしてあげられなかった父を思い哀しくなるのだった。この道を往復して父は東京まで通っていたのだ。夏の暑い日、雪降る冬の日、大変だったろうと思っては涙が出た。ちょうど最晩年に三年がかりのまとまった仕事があったのは父の為に喜ばしいことだったかも知れないが、しかしそれが命とりになったのも確かである。その仕事は父が生涯先輩として敬愛し、また常に父を応援してくれた恩人、H社の社長S氏の伝記を編纂するという仕事であった。辞典のH社といわれているので、S氏の伝記は辞典形式で編纂された。何人かの人を使っていたとはいえ、七十も半ばを過ぎる父にとってはそれは大いに酷な仕事でもあった。その伝記が完成すると同時に父は倒れた。

父の生涯はまことに変転極まりないものであった。学生の頃から夢みていた小説家になる希望は一家を支える為に断念した。小説家では飯は喰えぬという母親の悲願で教師にならざるを得なかった。「文学と教育の間を彷徨する一生」がここから始まったと父は述懐している。

私も長ずるにつれ、父の長所も短所もよく分ってきた。しかしその長所も短所もすべて受容してなおかつ父を尊敬している。父は教育の革新に、実践と著述と言論により幾多の働きを残した。だが父については毀誉褒貶数多であるらしい。

父は仕事の手伝いによく私を使った。私が兄妹の中では一番役に立つらしいのだ。結婚してからも、座談会の速記や、イベントの手伝いなどに引っぱり出された。講習会でのあの熱血あふれる弁舌、割れるような拍手の響きと壇上の父の姿とは、今でも私の耳目から消える事がない。しかし○○教育会議とか○○研修会とか後年になって父が催す大掛りなイベントは、経費倒れで大てい赤字だったようである。

父は友人の伝記はよく書いてあげていた。原稿を書きあげると、時には食卓を囲む私たちの前で朗々と読みあげ「どうだ面白いだろう」と得意満面であった。だが父の伝記を書いてくれそうな人はいない。

死後半世紀以上もたった今頃になって私はようやく、ほとんど人に使われずに自由を貫き通した父の遍歴——そんな事はなかなかできるものではないよ、と知友に言わしめた——その父の遍歴の生涯を書いてみたいと思うようになった。そこで兄に、

「貴方も手伝わない？」というと兄は首を横に振る。

「俺は親父をそれ程心から受容はしていないんだ」と言う。

「そお……何故？」

戦中戦後の父の転身の早さを快く思っていないようでもある。

「俺の尊敬するT大総長のT氏に対してね、あんな奴はしようがない、やっつけてやるんだなんて言った事があるんだ。俺が尊敬している人なのにさ。あの時本当に親父を嫌だと思ったなあ……」

「ふーん、T氏って後で文部大臣になった人でしょ、いつの話？」

「戦争中だよ。T氏が少し批判的な事を言った事があるのさ。親父が『興亜』をやっていた時があっただろう、あの頃だよ」

「ああ――そう……」

「それに俺は親父の友達からずい分嫌な事も言われたんだ。君の親父には金の事で迷惑を蒙ったとか……あちこちから言われたのさ。それを俺が尻拭いしてきた……」

家父長制が遠のいた今になって、始めてそんな事を兄の口から聞いた。そうだったのか。多分そんな事はあったに違いない。しかし私はそのような話を聞かされても、やっぱりそういう父をも愛することに変りはない。兄と私では父に対する感じ方がこうも違うのかと改めて驚いた。そうやって父は生きてきたのだ、そして家族を養ってきたのだ。私も育てて貰ったのだ。


また、生活苦や仕事の行き詰りから、本気ではないだろうが母が言うには、これも何十年もたって始めての昔語りであるが、

「華厳の滝に行った時にね、『一緒に死のう』って言うのよ、それで『私は嫌ですよ、死にたければお一人でどうぞ』と言ってさっさと帰りかけたら、お父さんもついてきなさった」と笑い話のようである。

まあこの話は半分は冗談だろうが、父は母の気持をたしかめたかったのではないだろうか。そしてこんな生活でも生きるという母の逞しさに大いに安堵したに違いない。

それでも何が気に入らないのか、茶碗を投げ、茶袱台を引っくり返した父。そこに居た兄と私はびっくりして隣りの部屋へあわてて逃げ込んだ。足音荒くその部屋の前を通って自室に戻ってゆく父。砕けた食器のかけらを泣きながら片づけていた母。それでも私は父を憎むことはできない。借金取りにすっかり弱りきって応対していた父。花が好きで机上に花を絶やさなかった父。まだまだ数えきれない程あるなつかしい父の姿。みんな好きだ。

もういい加減で仕事をやめて小説でも書きたいと、暗に子供に頼りたいらしい弱音をはいた父。最後には恋愛と遺伝とをテーマにした一大小説を書くのだと夢を語った父。伝記の仕事が終ったら念願の小説を書くのだと五千枚の原稿用紙を用意して倒れた父。

そんな父、こんな父、あんな父。みんなみんな好きだ。

そして三里塚の小学校で、父と私につきつけられ、夕陽に燦然と輝いたあの「馬の歯」。遂に一粒も食べる事はなかったあの「馬の歯」。父と私の二人だけが凝視した「馬の歯」の恥辱に満ちたあの輝きは、苦く、そして少しばかり甘い香りを漂わせて、今も私を包みこむのである。

林

暑い日が続いていた。母の出品画の進行状況はどんな具合であろうか。妙子は毎日その事が気になっている。もう八月も十日を過ぎた。あと約二週間しかない。電話をかけて聞いてみようかとも思うがそれも躊う。この時期は母にとって院展出品画制作の追い込みの時なのである。余計な事を耳に入れて母の気が散る事を恐れる。妙子達四人の兄弟姉妹は息を殺してじっとこの時期をやり過す事にしている。お盆でも母の方で呼ばない限り訪問を差し控え、雑音を入れない様になりをひそめている。

毎年八月二十五日過ぎのある日、

「今日搬入しました。まあ自分ではよく出来たと思っていますけれどね……」

それから八月末日までの間に、

「残念ながら駄目でした」

そしてその時々により「ぬり方がちょっと足りなかった」「今年はどうも日数が足りなかった、もう二、三日あればよかった」「今年は壁面が足りなくてずい分落されたのです」この様な連絡が律義に四人の子供達の許に次々に入る。九月になると母が落選した院展の招待券が二枚づつ送られてくる。封筒の中は券だけで他には何も入っていない。そういう事がもう十年続いている。

昭和二十八年の春、六十の手習いで始めた母の画学であったが、三年後の三十一年、若緑輝く「新樹の山」で院展に初入選、続いて三十二年「春の山」、三十五年「冬の山」と立て続けに前後計七回の入選を果して、年齢に似合わぬ万丈の気を吐き、家族、親戚、知己はその才能を認めることとなった。当然美術年鑑にも名を列ねている。三回入選すると院友となり、院友には毎年何枚かの招待券が送られてくるのだ。

八十二歳の時、昇仙峡に題を取った「峡」が入選したのを最後に、その後は落選に次ぐ落選が続き母は九十三歳となった。

六十の手習いとして始めた画業にも拘らず、母の精進はすさまじく夜は十二時前に床に着く事がなかった。うつむいて画く仕事の為に背はたちまち前屈みになり身長が縮んできた。広い画布の左右に足場を置き、二本の角材を渡す。その上に板をのせ、薄い座布団を敷いて座るのだが当然膝の関節も痛めた。

初期の頃、時間も体力も費用も相当に必要とする業を続行する事に懸念を抱いた父や兄が、「絵も、もういい加減にしたら……」等と言おうものなら、

「私に絵をやめろと言うなら、稲村が崎から海に飛び込んで死にます」という恐ろしい剣幕に、もう母の画業に口をさし挾む者はいなくなった。

　そうして父は、倒れるまで母の為に、絵の具代を払い家事の雑務を手伝い、写生旅行や展覧会につとめて同伴する羽目になった。

　それで一人の老女性が生甲斐ある晩年を送る事ができるならば、それは夫としての自分の仕事でもあろうかと父は自らに言い聞かせていたようだ。


　母は火の国阿蘇の女である。子供の頃、心秘かに美術学校に行く事を夢見たようだがそれは叶わず師範学校へ行き、小学校の教師となる。師範学校卒業のその当日、母にいわせれば掠奪結婚の様相で妙子達の父柴垣博志の許に否も応もなく嫁がされた。母の両親がアメリカに行くというのに母は行かぬ、それではどこか嫁にやらねばと言うのを聞きつけた博志の母親ニシが稼ぎ手欲しさに強引に話をまとめてしまったらしい。

　川沿いの堤の上、何の積りか太い竹竿を持った博志が仁王立ちになって、卒業の校門から真っすぐこちらに来る筈の斉木美多子の到着を今や遅しと待ち構えていた。美多子の姿を見るや、「遅い！　遅い！　何ばぐづぐづしとっとか！　早う来んか！」と怒鳴ったという話は何度聞いても可笑しい。博志は花嫁の到着を途中まで出迎え首を長くして待っていたのだ。妙子は、母美多子の一生を物語りにするなら、この光景から始めたいと思ったりする。それから婚礼の宴は三日三晩続いた。

熊本師範の同人誌京陵文壇を始め雑誌新聞社等にも盛んに投稿して学内外で有名を馳せていた博志の名前は美多子も知ってはいたが、結婚するまでに、五歳年上の博志とは逢って話した事は無かった。将来は有名作家にもなる人であろうかと秘かに憧れる気持はあった。しかし粗末なものを纏い素足で土手の上に立ちはだかって、こちらを睨みつけている野蛮人のような男が初対面である自分に向って怒鳴る様に、これがあの有名な柴垣博志かと吹き出しそうになった。

博志は師範卒業と前後して、親戚友人の助力を得て二十坪程の住居を新築していた。この住いを亦楽村舎と名づけ、作法裁縫などを教える母ニシの協力を得て、村の青年男女の教養に努めていた。美多子は卒業と同時にこの村舎の人となったわけである。

姑に、鬼千匹といわれる小姑達が大勢いる所に来た嫁である。この弟妹達をそれぞれに片付け、自分は三十五歳までに七人の子供を産む。三人を早く失い、四人の子供を巣立たせるまでの三十八年間、博志、美多子夫婦の足跡は誠に転変極りなく波乱に満ちており、今日のサラリーマンの遠く思いも及ばぬ生涯である。よくも途切れずに続いたものだと妙子は思う。いやまさに途切れんとした事が再々あったに違いない。

母親の悲願により文学を諦めざるを得なかった博志は大正四年熊本師範訓導、翌五年文検合格、奈良女高師の訓導となる。しかし同八年、同文館に招聘されるや惜しげもなくその職を去り上京、雑誌「小学校」の編集に精魂を傾ける。同年処女作「教員物語」を出版、虚名を博したと書いている。その後の著作は大小合せると数えきれない。

文学と、教育との間を彷徨したと自ら言う通り、その後教育の実際と制度の二方面にわたって、「実践」と「著述」と「言論」をもって次々に教育革新運動を展開し一点に留まる事を知らなかった。

即ち、教育の実際面では個性尊重の自由教育、総合教育、郷土教育（社会科）、綴方教育、家庭教育、芸術教育、工作教育等々を標榜して実践した。

教育制度面では三学級二教員制度の拒斥、教員待遇向上、師範学校の専門学校昇格、私学振興、大日本教育会の結成、育英制度を提唱し日本育英会の創立に先駆、義務教育年限延長等々。この中には今日ゆるぎなく定着しているものが見える。

常に同志を結集し運動母胎を結成、機関誌を発行。その他教育評論家協会の運営等々、一々挙げきれるものではない。戦後はいち早く教育新聞を発刊、結婚前の妙子も新聞記者の真似事をやり編集に参画した。

博志が一生を通じて最も敬愛した人物は、同志でありかつ先輩でもある竹中弥三郎である。竹中は後に辞典の出版社として有名な凡人社を興す人物であるか、そもそもは代用教員から身を起し新教育運動の先駆者として活躍した人である。

博志はこの竹中から終生にわたって指導と激励と援助を受けたと思われる。

大正十二年、博志はいよいよ作家を志して同文館を辞したが、竹中に懇請されるや、再び教育運動に身を投じる。

博志の転変極りない展開に、始終はらはらしながらも、その理想追求の情熱、自信溢れる企画力、半ば強引ともいえる実行力に美多子は有無をいう暇さえ与えられずに引きずられていったというべきか。大正十一年には博志のいうままに教員も辞めている。着物に袴という当時、袂につけ文を度々入れられるのを博志が嫌がり、あと一年で恩給がつくというのに否応なく辞めさせられたのである。

大正十三年、博志は竹中等同志と新しい教育理念を実践に移すべく「児童の村小学校」というユニークな学校を創設して主事となり経営に任じた。この小学校には時間割が無い。子供の生活全体が即教育の場であった。

新教育の実践という理念に燃える同志、その情熱が仲間の女教師とのぬきさしならぬ関係に進展するのに歳月はかからなかった。この状況を案ずる竹中の助言もあり、博志は当時新聞記者としてモスクワに駐在していた義弟を頼りに、俄かにソビエトロシアの教育視察へと旅立ってしまう。

残された美多子は約半年の間、博志がやりかけたままの某機関誌の編集その他の仕事を全うしている。博志の起した不祥事に続く長期の不在が美多子の情感の襞を深めたのか、その頃美多子は多くの歌を詠んでいる。

谷あいの桑の若葉によなの降る
阿蘇のふもとにわれ娘となりぬ

子にわれに何れに生きむうば玉の
　やみ路さまようわか心かも

天上の星光なしこの日ごろ
　やみのとばりのみちはろかなり

日毎日毎たらわぬ金の話ききて
　われも仕事をしたくなりけり

人生は事業にありと君いえど
　われなす事もなく娯しみしらず

美多子三十一、二歳の頃である。

「東海の小島の磯の白砂に――」とか「幾山河越えさりゆかば淋しさの――」等と母がよく口ずさむのを妙子は聞いている。多少何等かの資質のある女性であったのかも知れず、無理無体ただ夫に引っ張られっ放しの半生は美多子にとって不本意であったかもしれない。

父は昭和二年から二、三年の間、凡人社の編集部長となり、大衆文学全集、世界美術全集、新興文学全集の仕事に当った。この頃が最も経済的に恵まれた時期であったのではないか。妙子の二、三歳の頃である。しかしその後雑誌「凡人」の失敗の責を負って退き、また延々と紆余曲折が続くのである。

かくして生活は終始不安定であり、時に潤う事があってもたちまちに窮乏の底に落ちる。運動資金の調達を計る父の方も大変であったろうが、親戚の者や書生等を抱える大世帯をやり繰る母の苦労も並大ていではない。質屋通いは日常茶飯事。当時としては持っている事が珍らしいシンガーの電気ミシンが神出鬼没であったのを妙子はよく覚えている。

振り返ってみれば母にとって平安な日々というのは二、三年も持続すれば長い方で、大海に浮かぶ木の葉の様に激しい浮沈に翻弄され続けたといっても過言ではない。

気の弱い女性であれば、悲鳴をあげて早々に逃げ出していたであろう。その様な家庭に育った四人の子供達が平凡なサラリーマン家庭を築いたのは明らかにこの反動である。

心安まる暇とてなかった母は、子供等が皆片付いてしまったら父と別れて一人静かに余生を生き直したいと考えていた事は事実のようだ。母が時々その様な事を口走っていたのを妙子は聞いている。しかし生計の方途の無い母が父と別れてどうやって生きて行くつもりだったのかどこまで本気でその事を考えていたのか全く不明である。

これも後になって聞いた話である。単なるデモンストレーションだったとも思えないが、子供達が全部巣立った朝、母は言ったそうだ。

「さあ、お父さん別れましょう」

「俺は別れる気は無いよ」

今日のテレビドラマではない。三十数前の妙子の両親の会話である。父は母の申出を一蹴し、全然取り合わない。たまたまその頃父は老人性結核と診断され、さすがの意欲にも衰えが見え始めた。さしたる症状は無いのだが、病人といわれた父を抛り出す程の勇気は母には無かった。も早別れる事は諦めねばならない。それならばせめてこれからの余生に、何かしら熱中して勉強できる事は無いだろうかと思い始めた。成す事が無ければ頭に浮んでくるのは、離れて暮らす孫子の事になる。あれこれ気になっても独立して暮らしている子供達にもう自分がしてやれる事はないのだ。考えても詮ない事を、しきりに思い患うのみの自分の姿は情ない、その様な己は嫌だった。どうしても自分なりの生甲斐が欲しくなった。

遅い目覚めというべきか、長い結婚生活の中で、母は自分の生甲斐について考える事はなかったのであろう。母は知人等を頼りに手当り次第に稽古事を始めた。生花、茶の湯、日舞、短歌、果ては創作と、しかし何一つ長続きしない。心からやりたいという欲求にはならなかった。創作に至っては父からやめよと言われる始末だった。

たまたま同じ隣組に独立展会の長田彩子女史が住んでおり、隣家の夫人と共に水彩画を習い始めたが、これが画学に入るきっかけとなった。長田女史は母の最初の絵を見て将来を予言した。

しばらくするうちに、しきりに日本画が画きたくなり、同郷の堅山南風塾に入門した。

昭和二十八年母六十歳の時である。堅山南風は横山大観の高弟で当時既に日本画壇の長老に数えられていた。日本画にしては珍らしく奔放な色使いで、南国出身らしい野趣に溢れていると妙子は観賞した。

月一回、南風宅における研究会、他に時々写生会がある。生来負けん気の強い母である。二十年三十年と画学を続けている先輩諸兄姉の後方に座しながら、遅れて来た己に鞭打ち、歯を喰いしばって励んだであろう事は想像に難くない。

春に小品展があったが、何といっても秋の院展を目指して出品画を制作するのが塾生達の年間を通しての課題である。

鎌倉K寺の裏手奥に住む母が等々力の南風塾に通い毎年の出品画を完成させてきた道程はまさに驚異である。画布の大きさは縦は一間余、横は五尺余もあろうかと思われる大きさである。もと絵となるのは写生であるが、写生したものはB４の画用紙程度の大きさである。その原画を本布に拡大するには、両方に同じ数だけ縦横に線を引いたり、糸を引いたりして小さな四角を大きな四角の中に拡大するのである。ここまでの作業が春までに出来ているといいのだが、なかなかそうはいかない。まず何を画くかを決めるのが大変である。よい写生が前々に出来ていれば問題はないが、画題の選択に手間どると、それが制作のスケジュールに影響して後が苦しくなるのは言うまでもない。

拡大された下図が出来たら下ぬりから始まり、大体の色調にざっとぬり込みが出来た時点で画布の仮張りをはずし、丸めて塾の研究会に持ち込む。母は自分の背丈程の長物を担いでK寺の奥から出てくるのである。塾で師の意見を貫うとまた持ち帰る。そしてそれからある限りの日数をかけてただひたすらぬり込む。納得のいく画面が創造されるまでぬってぬってぬり込むのであるが、なかなか自分の思う様に出来上ってはいかない。

小さな原画では問題が無くとも、何倍にも拡大した上でこれに充実感を漲らせ全体にたるみのない絵としての緊迫感を現出する事は、天才には容易であっても凡才には至難である。日本画といっても母のそれは古典的な純日本画とは違い、日本の絵の具（膠を煮溶した液で岩絵の具を練る）を使うというだけでぬり重ねる点では油絵と似ている。

出品締切の五日位前になると絵を車で塾に運び込む。塾内に絵を据えてからは、残された日を完成まで毎日鎌倉から等々力に通って仕上げに没頭する。同様に特別指導を懇請している一、二の弟子があり、南風が時々見てくれるので心強い。

この期間、母は四時に起き、五時には家を出る。八月半ば過ぎの残暑の候、少しでも涼しいうちに塾に着く為である。日は長いから一日をたっぷり励んで陽が陰ってから帰路につく。短期間とはいえ連日の日課である。しかしこの仕上げの期間は母の最も充実した最良の日々だったのかも知れない。いや恐らくそうだったのだろう。

この様な制作過程を辿れる時期は良かった。しかし南風も高齢で月一回の研究会も次第に間が遠のき、やがて病勝ちになると、それも高弟達によって代行されるようになって行った。そして南風が九十三歳で没するまでの数年間は、もう母は南風から直接教えを受ける事は出来なかった。

次の師と仰いだ常磐大空は、南風の画風を受け継ぎ、まさにそれを絢爛と開花させるが如く、奔放にして壮大な画風には目を瞠らせるものがあった。構図といい、色調といい天衣無縫、自由闊達な躍動美にただ圧倒されてしまう。拙き者の絵にも彼が一筆加うれば、禽鳥はたちまちにして生命を与えられ草陰に餌を啄ばむかの様に見えた。

天才には間々後進の指導を好まぬ人を見受けるが、大空は違う。誠に弟子の面倒見が良く、自らの制作をさておいても弟子の指導を優先する様な人であった。しかしその頃既に彼の肉体は病魔に犯されており、南風の没後三年程で彼もまた没するのである。母は大空を心から慕っており、彼の死によって味わった挫折感は大きかった。こうして母は二人の偉大な師を失い、その後師と仰ぐ人のないまま経過している。考え合せるとその後が落選つづきという事になるようだ。

父は母が七十一歳の時に亡くなっている。父の死後もう絵を画けないのではないかと危ぶんだが二年目にはまた絵筆を持って蘇った。父の生前の入選が三回、後の四回は父の死後である。結局父の死によっては決定的な打撃は受けなかった母の画業である。しかし師と仰ぐ人を失った事は大いなる打撃であった。しかも寄る年波である。母の画業が次第に衰退してくる事は当然のなり行きでもあった。一人で八甲田山まで日帰りの写生旅行に飛んだりして子供等の心胆を寒からしめた母も、も早一人で写生に出かける事はなかった。

ただし院展への挑戦は止めない。写生をしなくなった母の絵は、頭の中で考え出されたもの、今まで目に映じたものの組み合せ等で構成される様になった。時には名作の模倣の様でもあったりして、悲しい哉生彩を欠いてきた。

新樹の山、春の山、冬の山、寿松、峡、浅春、峡と入選作のほとんどが山の絵である。父が老人性結核といわれ、箱根の仙石原に隠栖した折に蓄えた画題である。やっぱり山の絵がいいと子供達は言うのだが、母は結構気が多くてとんでもないものを画きたがるようになった。

院展等を見ても分るが、大半の人は出品画題を一定のものに絞っている。踊り子を画く人、働く人を画く人、花を画く人、動物を画く人、田園を画く人、滝を画く人、心象風景を画く人。もう大体決っていて、ああこの人去年もこの様な画だったな、とすぐ思い出す程同一の画題で追求している。大家は別としても、あれこれ画き散らしても決して入選するものではないと妙子は固く信じている。特に出品画となると、同一の画題を何年も、あるいは一生追求するものの様だ。

母は山に飽き足らなくなったのか、あるいは写生をしなくなった事によるイメージの枯渇からか、急にあれこれと画題を変え始めた。仏像の浮き出ている岩を画くかと思うと、源氏物語絵巻を真似てみたり、あるいは樹木の根元をどこかで見た様に並べてみたりする。そんなにあれこれ浮気をしては駄目よと妙子は明らさまに阻むのだが、何度もそんな事をしてその度に必ず落選した。

「寂籟」と題した岩の絵などは、こんな絵を画くのは十年早いとひどく嘲けられて、落選画を引き取るや否や裏庭で燃してしまったという。母はどんな形相でその焔を見守ったのか。憑かれた様なすさまじい気迫だけは衰えなかった。妙子には母の野心は充分に理解でき、別に焼却してしまう事もなかったであろうに、完成画を一度見たかったと思う。

「同じ山でも春夏秋冬、朝昼夕の四季折々を考えればずい分画けると思うんだけれど……」と妙子が言うと「それが、お母さんは早く気がつけば良かったけれどね、気がついた時はもう遅かったのよ、今ではもう写生に行くだけの活力がないから仕方ないんです」と母は言う。

「あの以前に塾展に出品したブナの林ね。あれとてもよかったと思うんだけれど……あれを拡大したらどう？」

「そう、先輩の郷倉女史もあれを画きなさいって言ってくれるのよ」

ずい分前のあの小品の出来映えを郷倉女史も記憶していたのである。この「林」と題する絵は、教育関係を対象とした神田のK信用組合に買いとられ、今も置かれている筈のものである。

先輩の薦めに意を強うして、昨年母はこの「林」を大作に画き直した。写生した時のスケッチと、作品の白黒写真とを参考にして制作された昨年の絵は、ぬり方が足りず一見未完成の様な感じで出品され落選した。


「もう一度だけ入選して貰いたいと思うんだけれど……」

「そうだ、俺もそう思う、もう一度だけ入選して貰いたいなあ」

何事か無ければ滅多に逢う事もない四人の兄弟姉妹は、逢えば必ずこの話題になる。

最近の作はどれもこれも極めて不作という他はなく、兄妹達は胸を痛めている。母が師も定めず誰にも知られず独りで画き上げて、いきなり搬入した所で通るわけは無いと思われた。それではどうすればいいのか、兄弟達にこれといって名案は無かった。

　今年の正月、例年のように母の許に子供達が集った時妙子は言った。

「お母さん、あの『林』を私取り戻して来るから、今年もう一度画き直してみたらどうかしら。去年のはどうもちょっと未完成みたいだったから、もう一度挑戦してみない？　原画があれば画き易いでしょ」

「そうだねえ、お母さんもそうしてみようかと思う。あの絵が帰って来ればそりゃ都合がいいわねえ」

　妙子は実はずっと以前からあの絵を取り戻して来て、あれを大作に仕立てて貰いたいと独り考えていたのだが、勤めが忙しくてK信用組合にその為の談合をしに行く余裕が無かったのである。

「三月に定年になれば、あとは暇ができるから必ず私がかけ合って、買い戻すなり、他の絵と取り替えるなりして何とか取り戻してくるわ」

　妙子は断言した。この交渉には自信があった。もし駄目でも借りる事位出来る筈だ。兄や妹には話がよく分らない。もう二十年以上前の小品である「林」自体あまり記憶に無いらしい。もっともK信用組合によく出入して、理事長室のマントルピースの上に飾ってあった「林」をよく観ていたのは妙子だけなのだ。妙子も絵を画くのが好きで、母の画業には兄妹の中で最も深く関心を持っている積りであったし、何か積極的に協力したいと思っている。

　いつか今年は昇仙峡を画くと母が言ってスケッチとピンボケの白黒写真を見せてくれたその

年、たまたま会社の旅行で昇仙峡に行った。馬車に揺られながら、母のスケッチはどの辺であろうかと探した。ここではないかと思われる辺りをカラーで取り極大に引き伸して母に渡した。この写真は制作に大いに役立った。いつもこの写真を傍に置いて画いていた。「峡」は見事入選した。同じ画題で二度出品し、二度とも入選している。

そんな経緯もあり、母の絵についての思い入れは自分が一番強いのだと秘かに自負している妙子である。その代り、時には小五月蝿い理屈を言う。

「お母さん、絵って当然美の表現でしょ。この風景一体どういう美しさを狙ったつもりなの？季節感も分らないし、中途半端だなあ」などと言おうものなら、そんな時母は不機嫌に黙してしまい、「暗くならないうちに、もう早く帰った方がいいよ」と追い帰されてしまうのだ。

退職後の雑用も思いの他手間取った上、次男の慶事を控え、妙子が「林」の件でK組合に電話を入れたのは四月も末であった。親しくしていた部長を呼び、まず絵の在否を確めた。絵はどうやらあるらしい。もう一枚「樹海」があるので、先方はどちらの事か分らぬが、確かに二枚はあるという。そこで当方の事情を説明し、何とかあの絵を母の手許に置いてやりたい、近々参上して理事長にお願いするのでよろしくと依頼した。

急がなくてもいいよと言った母の言葉についつい気を許したが、もうそろそろ絵を入手せねば制作に間に合わない時期になった。作品の写真やスケッチで、果してどの辺まで作業が進んでいるのだろうか。

五月の連休明けになってやっと妙子は、手土産を持ってK信用組合を訪ねた。神田から須田町へ向って歩く。都内では珍らしいのではないかと思われる位、この街並みは昔のままでほとんど変っていない。父もこの道をずい分歩いた筈である。懐しい、と同時に許容し難い思い出に通じる道なのである。

父の存命中、K組合の談話室には、自薦他薦の教育評論家や退職校長等が集り、談論風発、時には天下の教育問題を論じ、あるいはのんびり碁など打つ人あり、在野の教育サロンの趣を呈していた。

K組合の創設に並々ならぬ尽力をした事、創業者が後輩であった事から、父はK組合を活動の便利な足場ともしていたのだが……。昭和四十年七月末の暑い日、家族等の全く予想だにしなかった事が起った。父がこのK組合で会議中に倒れたのである。脳溢血だった。よい年齢の知恵者が大勢揃っていたにも拘らず、発作直後医師の到着までの手当は極めて拙劣で、妙子は今もってそれを忘れる事はできない。脳溢血で倒れたら例えそれが厠であっても動かすなというのは常識ではないのか。父はどうしても小用へ行きたいと訴えたらしい。その時は意識があったという事になる。

友人達は父を担いで何度も便所へ連れていったというのである。妙子は思い出す度に顔中が苦痛で歪む。何という事！　動かすうちにどんどん病状が悪化したのは想像に難くない。

母が鎌倉から駆けつけた時既に父は意識朦朧たる状態だったらしい。自分の絵の事しか念頭になかった母の受けた衝撃は、あまりにも大きかった。

「お父さん、美多ですよ、分りますか、お父さん、お父さん、美多ですよ」

雷にでも打たれる様に激しい打擲が母の全身を襲った。これが天罰というものか。

ああ、ここ十年余妻として夫の事を親身に世話していなかった。夫の理解を良い事にして甘えすぎていた。まさかこんなに早く突然倒れてしまうなんて……。

「お父さん、お父さん」

涙がとめどなく溢れた。

妙子が着いた時、父はほとんど何も分らない様子だった。寝ている父の胸元にのめり込む様に座っている母の体が一と回りも二た回りも小さく見えた。

親許を離れた子供というのは、自分の生活が多忙でその中に埋没していると、親の一大事にも意外と乾いているのを感じて、妙子はその事にうろたえた。

傍に皮製のボストンバッグが置いてある。持ち上げようとするとあまりにも重い。中を開けて見ると本や原稿用紙がぎっしり詰っている。皮のバッグだけでも重いのに中味がまた重たい物ばかりだ。

「これ一体どうしたの」

話を聞くとこうである。父はこの重たいボストンバッグを提げ、朝早く鎌倉から東京へ出た。この日K組合で文相を呼んで教育評論家協会の会合を開くので、父はバッグをK組合に置いて大臣を迎えに行った。この会合が終ったら、夕方から数日間の予定で母と箱根の仙郷楼に行くという、七十六歳の老人にとっては過密スケジュールである。しかもあの重たいボストンバッグだ。

その頃父は、既に物故した恩人竹中弥三郎の伝記の編集をやっと終えた所であった。それは辞典の凡人社社長の伝記に相応しく辞典形式となっており、竹中弥三郎事典と命名された。この伝記刊行には、三十名の学者文化人が顧問、幹事として名を列ね、執筆者は約六十名。全巻五〇〇頁余、常任幹事長である父が編集者としてその責に当った。この仕事は丸三年かかり父はすっかり心身消耗した。結果的にはこれが最後の仕事となったのである。

やっと頼まれた仕事から解放されてほっとした父が箱根仙郷楼に寛ぎ、さてペンを執り書き始めようとしたものは果して何であったのか。父はかねがね最後の創作のテーマを暖めていた。それを妙子は聞いて知っている。いよいよその創作に入るつもりだったのか、はたまた他の原稿だったたか、それは誰にも分らない。しかし何かを書こうとして欲張って命がけで持った原稿用紙である。一字も書かれず白紙のまま残された原稿用紙は哀しい。

父は二、三日K組合で安静を保った後、その近くの病院に移った。意識不明のまま十一月に鎌倉の自宅に戻り十二月に不帰の人となった。

K組合の喫茶室に父が世話した宇津木頼子という女性がいた。頼子には七歳位の女児がおり、倒れる前日父はこの母子を鎌倉海岸に案内し、炎暑の浜辺で半日つき合っている。父が倒れたのには前日の宇津木母子の来訪もその一因を成した様に母には思われ、その事を恨めしく思った。悪い事は重なるもので、倒れる前夜は妙子の二人の子供も両親の家に泊っている。

それやこれやで母は十分に父の様子に気を配る余裕がなかったのだろう。前夜から少し頭が痛かったようだ。子供達は後で言っている。

「あの日、出かける時おじいちゃんは、どうも頭が痛い痛いと言っていたよ」と。どう考えても全く以て無理なスケジュールである。前日海で陽を浴び、翌日はとてつもなく重い鞄を提げて東京へ、会合を終えて箱根へ行く。七十六歳でそんな計画を立てる父であったから若い頃なら尚更で、如何に無理な綱渡りの様な人生であったかは十分に察しがつく。


だが妙子にはどうしても父の死に際が納得いかない。何故あの矍鑠とした父が意識不明のまま下の世話まで人にして貰うという、みじめな姿で半歳近く生き長らえねばならなかったのか。その事が肯じられない。

妙子の知っている父は、そんな父ではないのだ。死に際は潔よくポキッと折れる様に、死んで欲しかった。そういう死に方が父には相応しいのだ。薄ぼんやりと動かない虚ろな瞳を妙子は見るに忍びなかった。ああ、何故？　何故？

妙子の知っている昔の父は、本当に元気な活力溢れる父なのに。

妙子は父の講演を何度も聞いて知っている。明析なる言語、凛々と響き渡り聴衆を完全に魅了するあの弁説、万雷の拍手。ああ懐しいあの熱気。戦後の生き方を明快に示してくれた父。おかげで敗戦直後、明日からどうなるか等という不安は少しも感じる事はなかった。

しかし父らしくないあの最期をどう解釈すべきであろう。それが謎であった。

一つだけ妙子にも考えられる事がある。父の晩年の十年余、母は画学に憑かれ父に対する処遇が極めて粗雑になっていた筈である。父はずっとそれを我慢していたに違いない。本来は甘えっ子であり、だだっ子でもある父が、我慢のし通しで死ぬのが癪で母に対し献身的看護を要求したのではあるまいか。神の配剤、そう考えて納得する他はない。

この間、母は夫という存在を改めて認識し、如何に自分が夫に支えられていたか省みる所はあったに違いない。何れにせよ母にとっては、半年近く看とる事で夫の死を静かに受け容れる心の用意は出来たのである。

父の一生を顧みる時、妙子はどうしても遺瀬ない思いを禁じ得ない。少しは父の仕事を手伝ったとはいえ、それはまだ父が元気旺盛な時代の事である。晩年の父に対し子供として何一つ報いる事が無かった事も悲しい。だがそれより父は何故あの様にいつも何かに追いかけられる様に走り続けねばならなかったのか、それが妙子の胸を締めつける。父には金銭的な資産が無かったし、蓄えるなどという事も出来ない人であった。事業を始めても金銭感覚はゼロで、残念ながら経営的手腕には欠けていた。人に使われる事はもちろん嫌いで自由を貫いたが、人を使う事も上手とはいえなかった。同志であったT学園の大原学長は学校経営に大成したが、大原に較べるとスケールや才能の違いが歴然とする。また竹中が事業に成功する迄には相応のスポンサーがいたという話も聞く。

父の場合は、常に天を仰ぐ事のみ知り、大地を踏みしめていなかったとでも言えば当るのか。その姿は星を摑もうとした男にも似ている。家が貧しくとも若い頃の願望通り作家の道に進み得たならばもう少し落着いた一生があったか。ならば生活の為に教員への道を強いた祖母が悪かったのか。いや別に誰かを悪者にしたいわけではないのだが、あれだけの資質を備えた父なのだからもう少し楽な生き方があったであろうに……。

晩年にのんびりと創作をしたいと口癖の様に言っていた父、その父の願望を当時少しも汲み得なかった無能な子供達。矢折れ力尽きて、家族の期待よりは、はるかに早く世を去った父。母に甘えて死んだ位で到底満足する筈は無い。父の霊は安らかなのか。

父と母の動と静が晩年になって入れ替った。絵に熱中している母を父は応援しながらも、父が真にもとめた老いの棲家の住み心地とは大いに違っていたであろう。入選する事ばかりに阿修羅の如く猛々しい母に阿吽の呼吸を求むべくもない老父の心に、時にすきま風がそよいだとて、それは無理からぬ事であったろう。

父の死後、しばらく母は画筆を折った。

K組合の理事長室には母の絵はかかっていなかった。あの頃新築したばかりで輝いていたビルの内部の様子に昔の面影は無かった。

「今年九十三歳です。母にもう一度だけ入選させたいのです。あの絵があればきっとうまく行くような気がするのです。とにかく出来るだけの事をしてやりたいと思いまして」

あの絵で画き直せば必ず入選するという保証はなかったが、少くとも原画が無いよりは遥かに有利である。

「お母様の傍へ置いてあげたいというお気持はよく解ります。ちょっと時間を下さい。とにかくあれは備品になっている筈でしてね。組合の財産という事になっていますから……ご希望には添いたいと思いますが私の一存でお返しするというわけにも行きません。また、あの当時の金額をお返し戴いてもどんなものですか。とにかく少し時間を下さい。どんな方法があるか次の打合せ会で稟議しますから」

創設当時の父の功労も、倒れた経緯も総て承知している現理事長が、二つ返事とはいかないまでも丁重に応じてくれた。妙子は、何等かの条件で譲って戴きたいが、それがどうしても駄目な場合は制作中だけ借りるだけでも、と頼んだ。

帰りに応接間にあるという「林」を見る。応接間といっても細長い狭い部屋で、真正面から陽が当る所に鼻先で見る位置に掛けてある。そのせいか、久々に近々と見る「林」は妙子が抱き続けていたイメージとは大分違っている。何だか色が濃い、こんなに濃かったろうか。掛ける場所によるのだろうか。昔は広い理事長室の柔かい光線の奥に見ていたせいか、何といったらいい色か、城ヶ島の雨の利久鼠とでもいうのか、全体に淡い色調で統一され、山なりに灰白色のブナの幹が一面に並ぶほんわりとした遠景で、早春の芽ぶきの光景でもあろうかと妙子は長い間思ってきた。今思えば蛍光灯のせいもあったのだろうか。陽がカンカン照り込む狭い部屋で間近に見る「林」はちょっと幻滅であった。

一週間程して電話をしてみると、打合せ会が延びておりまだ結論は出ていないという。「あれはなかなかいい絵だ等と手離すのを惜しがる人も出てきましてね……」ちょっと勿体がつく。あの絵を陽の当る所で鼻先に掛けて本当にそんなに味わっている人がいるのだろうか。しかしあんな絵はどうでもいい、「どうぞどうぞいつでもお持ち帰り下さい」等と言われるよりは嬉しい様な気もする。それからまたしばらくが過ぎてやっと、

「お借しするという事でなら」と承諾された。

「その代り、その後に掛ける物をお願いします。どうもこちらにも適当なものがありませんので」

さていよいよ来た、「替りの絵」である。申出をした時替りの絵は持って行くと妙子は約束している。替りの絵といっても適当なものは無かった。仕方がない、自分のたった一枚の染絵「宵明り」を持って行く他はない。母の絵の替りに自分の作品が役に立つならそれも本望だった。

妙子の家には大きなバラの木が二本ある。一本は紅でこれは花形があまり良くない。他方は黄色のバラでこれはちょっと妙子の家の自慢の種である。クライミングローズという種で、どんどん上の方に延び春には何百という大輪のバラが一度に咲き乱れ、門前を通る人の目を愉しませるのである。この黄色いバラからは月面の色が連想され、妙子はムーンライトと命名している。このバラに月光をからませて染絵にしたのが「宵明り」である。

まずムーンライトと名付けたバラだから、夜のバラにしよう。夜のバラに月輪を配そう。本物のムーンライトとバラのムーンライトをだぶらせて幻想的な美しさを出したい。画面一ぱいの大きな月輪の中にバラをシルエットで出そうか。

妙子が会社の近くのカルチャーセンターの染色教室に入ったのは四、五年前の事であった。土曜日の午後という時間帯でこれなら勤めていても出来る。

妙子は昔の人間が生活に必需なものとして編み出し発展させてきた技術の中で、特に焼物、織物、染色の三つに関しては非常に興味を持っている。いつかこの三つについては自らその初歩だけでも習得してみたいと思い続けていた。

教室の先生は染絵の大家であった。それまで染絵などというものの存在すら知らず、ただ色を染めつけるその選色、配色の魅力に憧れていた妙子であった。しかし先生は、

「ただのぬり絵のように色をつけるだけではつまらないではないか。せっかく染めるなら絵から自分で画いてやってみよう」

と言われた。最初だけは画材を与えられた。小さい実のついた菩提樹の枯葉でメルヘンを感じる。そんなものをこの時始めて見た。先生が自宅の近くの公園から拾って来られたものだ。これをまず写生して次に図案化し、テーブルセンターに柄付けして染める課程で一つ一つ手順を教えられた。手順は非常に面倒でびっくりしたが、とにかく色を着けてゆく喜びがあった。やり始めると凝る方の妙子である。先生の大作はほとんど風景から受ける印象だった。写生が必要である。テレビで瓢湖の白鳥を見て驚嘆しては俄かに出かけて行く。新潟行の夜行に乗り

寝もやらず夜明け前に新津で乗り換え今度は、ガランとした車内で震えた。白々と夜の明ける頃着いた瓢湖は、自然の湖ではなく灌漑用池で直線的な周辺も興ざめだし、あまりに白鳥が多くて餌に群がる様はグロテスクでさえあった。写生などする気も起らず、写真ばかり何本も撮って帰った。写生が出来ない位なら、パンフレットや雑誌の写真の方がずっと様になっていて図柄にし易い。アドバイスを受けたがせっかくの瓢湖も妙子にはとても消化できなかった。

新宿御苑の鈴懸の大樹の幹がクローズアップされ、これは面白いとまた出かける。しかし写生したものをよくよく眺めると、そのままが図案みたいでこれまた面白くない。教室では年一回作品展がある。完成までには長くかかるので早く着手しておかねばならない。テーブルセンターや帯を染めて出す気にはなれない。やっぱり染絵に挑戦したい。バラだ、バラだ、バラにしよう。

そういう経過を辿って到達したバラであったが、実際のムーンライトと妙子のバラのムーンライトを如何に組み合せるかには勤めの傍で一カ月も二カ月も腐心した。バラの花のデッサンだけは飽きる程画いた。しかし絵の構図はなかなか決まらない。

先生の大作「桜島」は大きな月輪を山の上に輪郭だけ白く染め抜いてある。太く、そしてところどころ細く。先生はそんな風にしたらと言われるが……。

最初の図柄は淡い藍紫に金銀を配して妖しく輝くサイケ調だったが、到底妙子の技術では不可能だし軽薄だと気がつくと、一転して夜らしく藍の濃淡でいこうと決めた。何枚も何枚も画いてみた下絵の色調はすべて捨てた。

藍一色の濃淡では月輪をバラの背後に配する事も難しそうに思えた。仕方ない、こうなったら月の光だけにしよう。そう考えたらすべてが決まった。月明り、宵明り、咲き乱れるバラの一群を上方から月が照らしている。よくある図だがもうこれでいこう。

画面の上方は月暈に見える様に弧状に明るく、バラの花と葉は上方を白に近く下方をだんだんに濃い藍に沈めた。花より葉を濃く細心の注意を払って淡く仕上げた所から順々に糊で伏せて行く。花と葉全部染め糊伏せしてしまって最後に宵暗を下方を濃く上にゆくに従って淡くぼかし染めに仕上げる。

染料は俗にゾールと呼んでいるもので染めた時点では色が分らない。日光に当ててしばらくするとだんだん発色してくる。高層ビルの四階の一隅にある教室は狭く陽の当る場所にはいつも一ぱい作品が並んでいる。その間に割り込ませ時が経つのを待つ。思ったより濃くなってしまったり、ぼかしがうまく行かずにすーっと線が入ってしまって失敗もしたが、第一作としてはまあまあの出来となった。先生が額装に関する労を執られ、額に納まると一段と引き立った。その「宵明り」である。妙子は寝室の和箪笥を納戸代りの北側の部屋に移し、低く横長のチェストを新調して据え、その上に「宵明り」をかけ朝な夕な眺めている。いろいろと思い入れの深い作品で愛着は一しおである。

先生の書には、「染色の作品は、あくまで絵であってはいけない。自分がなにを感じ、なにを訴えたいのかそれをはっきり意識して作品に打ち出して行かねばならない」と述べられているが「宵明り」はいささかその趣旨に添った作品と思ったりする。

その後妙子の仕事が急激に増え、毎週土曜日も残業となり、二年あまり続けた染色も遂に放棄せざるを得なくなった。作品展でも多少の評価を得た「宵明り」はかくして妙子のたった一枚の最初で最後の染絵となった。

「林」の替りとして適当と思われるものは今これしか無い。母の絵の替りに娘のものという因縁も捨てたものではない。「林」は借りるという事なのだから、出品が済んだらいずれ返す事になる。「林」を返せば妙子の染絵は戻るわけである。妙子は椅子の上に乗り、さして躊わずに「宵明り」をはずした。

「林」の借用証を用意した。期限は故意に入れなかった。向うからは「宵明り」の預り証を貰おう。あれだけムーンライトに拘ったのに月の字が入っていない題名は「月明り」と改題した。明るい狭い部屋に「月明り」は不釣合の様でもあった。

「ああー、いいですねー」

染絵は生地がそのまま見える透明感が特に珍重される。

「稀少価値がありますよ……でも、もう少しこのお部屋に適当なものを見つけますから、とにかくそれまで……」妙子はこの染絵をここに長く置く気にはとてもなれなかった。なるべく早く他のものと取り換えよう。

大風呂敷に包んだ「林」を抱えた妙子はその足で意気揚々と鎌倉へ向った。小品といっても電車の中では置き場に困る大きさだがそんな事は少しも苦にならない。一刻も早く母の許に届けたかった。

大分色が変って汚なくなっていると予告し、まだ白ぬりしかしてない大画布の横で妙子は風呂敷包みを解いた。「ああー」母の目が輝いた。長い間逢わなかった我が子にやっと逢えたかの様に、母の視線が素早くしっかりと「林」を撫でていた。よく帰って来たと言わんばかりに。

「もうこれは返さないわ」小さく母がつぶやくのを妙子は聞き洩らさなかった。やっぱり……。

妙子の心の隅にその予感があった。しかしただこの絵を母の許に持って来よう、もう一度この絵で挑戦し入選して貰いたい、その事だけ考えてここまで来た。借りるという事で持って来たものを返さないで済むだろうか。その事は後でゆっくり考えよう。

「お母さん、その絵は早春？　芽吹き？」

「いいえ違いますよ、これは葉が落ちた後のブナの林ですよ」

「ええッ！」

妙子は仰天した。早春のやわらかい芽吹きの雰囲気だと、買っていた絵が全く違うのだ。

「なーに、それ葉の落ちてしまったブナの林なの？」

「そうですよ、スケッチはこれです」と小さなスケッチを見せる。

「ふーん」スケッチには成る程山肌の部分が多い。たくさん並んだこの灰白色の幹、これがブナの幹だけなのか。周囲に配されている利久色は何なのか。そういえば空の色はまさにどんよりとした冬の色だ。

いや、いや、いや、これは参った。こんな事ってあるだろうか。妙子は混乱した。絵の正体が分らなかったのだ。季節感を間違えるとは、絵が悪いのか、それともその様な自然を見た事の無い妙子の無知の故か？　木の幹というのはたしかに黒くもない茶でもない、灰色という方が相応しく陽が当れば白くも見えよう。葉の落ちたブナの林というのはこんな風でもあろうか。分らない。

母の春の山も冬の山もそれぞれ季節感はもちろん明瞭で、冬の山などは自然の険しい厳しさがよく出ていた。

しかしこの絵が落葉したブナの林とは！　イメージが違って見えた色調を改めて見直して見る事もせず妙子は重たい足どりでK寺の境内を降りた。母の為に善かれと思ってあんなに気負っていた自分は姿を消し不安が襲ってきた。今年もあの絵と決めて原画を持って来た事は果してよかったのか。母の喜びようも妙子の疑惑の中で虚なものになりつつあった。そうすると……あれは秋か初冬という事になる。落葉したブナ林の光景を知っている人は果してどの位いるのだろう。何故、題を林としたのか、もう少し適当な題があるのではないか。郷倉女史はあの絵を正しく理解した上で薦めてくれているのだろうか。

しかし駒は放たれている。もういい。この後は母の腕次第だ。これからは完成までいつもの様に何も言うまい。見もすまい。見れば何か言いたくなる、母の気持を乱す。この上は思いのままにぬって欲しい。晩秋であろうが早春に見えようが構わぬ、一つの自然の雰囲気が出ていればいい。あと二カ月余しか無い。上手く出来るだろうか、もう神仏に祈る他はなかった。

八月も十日を過ぎていた。あと約二週間しか無い。母の絵の進捗状況はどんな具合だろうか。

またいつもの様にぬり方が間に合わないのではあるまいか。妙子が原画を持っていったのも遅過ぎた。せめて四月頃持っていってあげればよかった。あの時まだ白ぬりしかしてなかったのは、「林」の到着を待っていたのかも知れない。原画を取り戻して来るのが遅くなったのは妙子の責任である。体力の弱っている母にはもう無理はきかない。毎日数時間全精力を傾ければ、あとは疲れて休む他ない。夜を日に継いで画き続けるなどという芸当はもう昔の夢である。あれからではとても日数が足りなかったのではないかと思うと何だか落着かない。とても無理をしているのではないだろうか。必死になって画布に取り組んでいる母の姿が見える。あまり無理をしてそれこそ脳溢血にでもなったら……妙子は自分が金縛りにあった様に息苦しくなった。だが今、下手に電話をかけるのは躊われた。電話は相手の状況にお構いなしにベルが鳴る。どうであれ母にとって歓迎せぬ雑音になる事は目に見えている。

とうとう思いきって妙子は手紙を書く事にした。ちょうど次男の結婚式の写真をいつか持って行こうと置いてあったので、それを送る名目でついでに手紙を入れた。しかしその手紙には母の一番嫌がる様な事を書いてしまった。

「絵の進み具合はどうですか。今年の出品画として完成できそうですか。あまり無理だったら今年は出さないで、十分に自分の納得がゆくまでゆっくりぬり込んで来年という手もありますから――あまり無理しないで下さい。納得しないまま出すより快心の出来になるまでやった方がいいように思います」

これではまるで、うまく行ってないと決めてかかっている様ではないか。何を小癪な！　人が必死で完成に向け頑張っている最中に、一心不乱の努力を一ぺんに吹き消すが如き何たる事を言うか。娘といえども承知できぬ！　と母はかっかと怒った事でもあろう。今にも母が倒れるのではないかという強迫感から書いた手紙だったが、煮えくり返ったかも知れない母の心中を思いやると妙子は噛む臍が幾つあっても足りない気持だった。案の定母からは楽しみにしていた次男の結婚写真を見たとも何とも言ってはこなかった。

例年より遅く八月末になって母から電話が入った。「とにかく出しました。自分としてはまあまあの出来と思いますけれど……通るかどうかは分りません。もし落ちてもがっかりしないで下さい」

「もし駄目でもがっかりしない様に」というのは例年、搬入したとの連絡を受けた時に妙子の方で言う言葉だったのに……何故か今年は母の方から妙子に言う。先手を打つというよりやはり妙子の応援を母が意識してしまったのかも知れない。

「どうもねえ、真ん中あたりが単調で絵がもたないんで祠を書いたんです、そこに仏像みたいなのを書き、横の方にも一体書いたのよ……」

「そうお。そんなもの画いたの、でもまあ自分で画きたくなって画いたんならいいじゃないの。とにかくもし駄目でもあまりがっかりしないでね、体を十分に休めて頂戴……」

あー、また仏像を画いたとは、それも中央に入れたとは。もう駄目だ。まるで恩でも売るかの様に肩入れして「林」を母の許に運んだ事は果して本当に良かったのか悪かったのか、妙子には全く分らなくなった。

仏像——か。しかし……余命幾許もない老女が生命の残火を掻き立てて、大自然を再現しようと心頭滅却する時、そこに現実も時間も超越した神仏の姿が忽然と現れたとて何人が笑い去る事が出来よう。だが出来上った作品は、悲しい哉、まことに珍奇という他は無いだろう。妙子にはその画面が見える様な気がした。

九月一日になった。

「やっぱり駄目でした」

「そうお、それは残念だったわね。とにかくあまりがっかりしないでしばらく休養してね。そしてまた来年に賭けましょうよ。今度は私暇があるから何でも出来るわよ。先生も決めてお願いしに行きましょう。私ついていってあげるわよ。やっぱり先生についてないと、ただ一人で画いて出しても駄目だと思うわよ。写生も私が一緒について行くからやりましょうよ。私も写生するから……」

「そうねえ……妙子がついて行ってくれればいいねえ……大松さんが今度近くに越して来られるという話だったから見て下さるか話してみようと思うけれど……」

ここ十年、落ちたと電話が来た時には、必ず「じゃまた来年頑張ってよ」と言い言いしてきた。

絵を画く事が母の生甲斐であるなら、来年こそ来年こそと希望をつなぐことが、あたかも一年また一年と母の命をつなぐ鍵ででもある様に……。

しかしもう九十三歳になってしまった。そうそういつまでもただ来年来年と無責任に引っぱるだけでは、も早済まされない思いが妙子にあった。今となっては、それなりの力を借さなければ画業を続けていく事は無理ではなかろうか。否続けるだけは続けられても今一度の入選を望むなら今の様なやり方ではとてもその希いを遂げる事は不可能と思われた。

最近の母の絵には自然の美しさも感じられず、かといって表現しようとするテーマがありそうにも思えない。実はあるのかも知れないが妙子には感じられない。それより生命力が伝わって来ない。創造性の枯渇は蔽うべくもなかった。

やはり写生だけはしなければならないと思う。妙子は母と共に写生をする愉しさを思い描いた。車で行けばいい、通い馴れて勝手知ったる箱根でいい。春の山、秋の山、母はどちらを選ぶだろう。秋の山にするなら今年の秋、もうすぐだ。母は秋の山は大作にした事がない。色が派手すぎるというのだ。

それなら春か、春なら来年の四月いや早春の三月もいい。まだ枯草の敷きつめる早春の野山の眠る様な穏やかな色調は熟成した人間の最後に到着する調和美の様に妙子は思う。ああ、いよいよ母と一緒に写生が出来るか、何と愉しい事だろう。それにしてもこの年齢になってやっと、そんな人生の醍醐味を味わえるなんて、ずい分人間って回り道が必要なんだなあ……妙子は慨嘆した。

先生にもどうしてもつかねば。南風門下で大空亡き後の実力者は大松で、今は押しも押されぬ地位にいる。大空が亡くなった時、すぐ大松についていれば今の様な距離はなかったろう。

今となってはこの老婆を快よく弟子として受け容れてくれるか心許なかった。しかし妙子が一緒に頼みに行ってくれればと母は言った。一生懸命頼んでみよう、当って砕ける他ない。どうせ自分がいつもついて行くつもり、許されれば一緒に弟子入りしても……等とエスカレートした。

九月に入って一週間位した頃、珍らしく母から電話が入った。

「あのね、お母さんもう絵をやめようかと思う。今年ばかりはお母さんは落ちた事がとても悲しかったんです。みんなにいろいろ心配して貰って自分としては一生懸命やったつもりなのに、今年はほんとに悲しくて泣いたんですよ。大松さんは審査員なのにお母さんが出した事さえ知らない口ぶりでね……そう、出していたんですかなんて言われて……」

「……」

「それに、ちょっと話してみたんだけれど、一年いや二年かかっても出来ますかねえ——なんて言うの……」出来ますかねえというのは出品画の事だ。

「絵の為に今までどれだけ他の事一切捨ててやってきたか、家の内外も抛りっぱなし、やらねばならぬ事皆さしおいて絵一筋に画いてきたんですけれど……もうお母さんも考えました……」

あれからすぐ大松に電話をして話をしたのだろう。そしてきっと冷たくあしらわれたのに違いない。妙子は大松の人間性を垣間見た気がした。

「そうお、うーん、まあお母さんがもうやめるというのなら……それでいいんなら、私が別にとやかく言う事はないんだけれど……」

今年ばかりは悲しくて泣いたという母が可哀想で、たまらなくいじらしくて胸がきゅんとなり、妙子の目頭にも熱いものがにじんだ。すぐにも飛んでいって母の肩をさすってやりたいと思った。

今にも一緒に写生に行けるのではと思いのままに膨らました虹色のしゃぼん玉は、音を立てて割れた。


さてしかし、かつてやめる位なら海に飛び込むとまで思いつめた画業を捨てて母は果して生きて行けるのだろうか。父が逝ってから生活費は子供達が見てはいるが、もう二十年あまり一人住いを頑固に押し通して絵を画いてきた。母は確かに驚く程元気で、どうしてあの様に元気でいられるのか不思議な位である。一度物干台で転んで腕を折り長い間入院した事があったが、それも直るとまた絵を画いて一人で頑張っている。

言わず語らずのうちに子供達の間には、母がファイトを燃やして画業に取り組んでいる間は、一人住いをあまり心配しなくても大丈夫かも知れないという変にあいまいで無責任な期待感があった。

ただ一と月に一回飯田橋のK病院に行く事だけは、是非やめて近所の医者に変えて欲しいと子供達も切望した。少し血圧が高いのと画家によくある湿疹とでK病院に行き始めてから、たまたま同郷の名医と妙薬がいたく気に入り、誰が何と言おうと絶対に変えない。他では駄目というのである。

バス、電車と何回も乗り継ぐ道中の危険を思うとこの病院通いだけは子供達の頭痛の種で、ほとほと困っている。しかしそれ程心配なら、通院の日に車で送迎すればよさそうなものだが……一日の時間と何万円かを投ずれば済む事なのだが誰一人それを実行する者はいない。

一人住いもそろそろ限界に近いと思いながら正月毎に母の許に集まる子供達は帰り道、

「元気そうだけれど……大丈夫かなあ……」

「元気だ、元気だ、まだ大丈夫だ」

経済的に余裕があって母に対して何でもしてやれる次兄の言葉に、いやに力がこもる。次兄は別に養子に行ったわけではないのだが、兄嫁が一人娘でその両親と同居している。

薄暗い部屋の中では分らないが戸外で妙子を見上げる母の眼はさすがに白い部分が濁っている。瞳の周りにも白いものが蔽いかぶさって、真ん中がだんだん狭くなって来ている。何時までこの目が開いていているのか抗いきれぬ不安がこみあげ思わずじっと見つめてしまう。

長兄は力は無いが気は優しい。母の事は何とかしなければと常々言うだけは言う。妹も心配だけはする。母が子供達のうちの誰かと一緒に住めば皆安心なのだ。しかし誰かというのは誰なのか。猫の首に鈴をつけに行く鼠は一向に出てこない。

母は姑、小姑で苦しんだ。「娘は長男にはやらぬ」「息子の嫁とは一緒に住まぬ」と口癖のように言い、その通りにし、一生頑にその意志は曲げない。誰かと一緒にと水を向けても一向に頑じない母である。誰の家にも厄介にはならぬ、一人で生きれる間は一人で暮らす。

どうしても生きられなくなった時は病院に入るという。病院に入るといっても病気にならなければ、ただ体が不自由になった位では病院には入れないのに。さすがに養老院とか老人ホームという言葉は母を始めわれ等家族間ではただの一度も出た事はない。

一人で暮らす間は何でも一人でやらねば体が駄目になる。母も子供達も、近くの買物や炊事や洗濯位はやった方が良いと考えている。掃除はまことに行き届かぬ。かといって子供達が行った時雑巾掛けでもしようものなら「そんな事するなら帰って頂戴」と言う始末。ほこりも段々見えなくなっているのだ。耳も遠くなった。

「若くたって死ぬ人はたくさんいる。人の寿命なんて分らない、年の順じゃないものね」などと母の傍では大声で言ってくる妙子なのだが、一日一日と母の寿命が削りとられていく思いに実は背筋を寒くしている。

子供達が心から母の一人住いを案ずるなら、家の中に母の部屋をしつらえた者が一人でもいるのか。ましてやスープの冷めない距離に隠居部屋を設けて、さあどうぞと子供達がそこまで実行しようというわけでもないのだ。

悧口な母は、自分の行き場所など他所には無い事を十分に知っているのだ。また仮に狭いねぐら位当てがわれても、何者にも干渉されず自由気儘に暮らしたここの生活より勝る生活は他に無い事も知っているのだ。

妙子は定年になった時母を引取る事を考えてみた。だが母が満足する状況を作り出せる自信は全く無かった。「それより、あんたが向うへ行った方がいい」という夫の名案にそれもそうだと考えている。しかしそれは母の体が不自由になってからであろう。

一人で暮す等思ってみただけでも寂しく、こわいとも思う憶病な妙子は母の気丈さの半分でも欲しいと思う。それでも何とか一人でも暮せるようにならねばならない、子供の世話にはなるべくならない様にしようと内心考えてはいる。しかし二人の子供には「お母さんはあなた達に面倒見て貰いますからね、この事しっかり覚えておいてよ」と宣言している。二人共一人っ子と結婚した息子達は明らかに迷惑そうな顔をする。自分等はそれぞれ妻の両親だけはどうしても看なければならぬと覚悟しているものの「心配しなくてもおふくろの面倒位看てやるよ」とは一度も言った事がない。何と不孝者めが。その故に妙子は不本意ながら夫と二人揃ってなるべく元気に長生きした上で相前後して果てねばと困難な計画を実施中なのだ。


着物をいじくる事が好きだった母は、あまり着る事もないのにやっぱり一枚一枚と晴着を増やしている。箪笥の抽出の上から順に二人の兄嫁、妙子、妹と定めてそのまま片身分けとなる様にきちんと納めてある。

母は出来る事なら父も逝ったこの家から、ある朝独り静かに父の許へと旅立っている事を夢みているのではなかろうか。隣近所の人に「雨戸の開かない日があったら、その時はよろしく」と頼んであるらしい。

他人はこの勇敢な母に等しく驚嘆すると同時に、子供達の非情を理解できないようだ。こうして気丈に一人で暮らしている母であるが、しかし画筆を捨てたら一体どうなるのか、果して今まで通り母は元気に生きて行くだろうか？　これはまさしく問題である。

落選が続き、母の芸術的感覚に疑問を抱いてきた妙子であったが「やめる」と言われて始めて晩年の母の画業の意味が、芸術性等を問うより他の所にこそ多くあった事を認めねばならなかった。その事はもちろん母は認識しないだろう。妙子も今まで来年こそ来年こそと芸術性を期待したのである。ただ生甲斐としてどんな絵でも画いていればいい等と諦めてはいなかった。しかしここ十年の母の画業は結果的には生きる為であったのか。

母にしてみれば画きたいという欲求、入選したいという野心からの業である。人の眼にふれさせる以上は、やはりそれに応えるだけの美や感動がなければと妙子は思ってしまう。「絵なんて自分が画きたいから画くんですよ、人に見せる為なんておこがましい。それは結果で動機では無い筈」と言った友がいて、妙子は、「自分が画きたいから画く」という意味について考えないわけではなかった。それは生きる為に画くにも等しいように思えた。妙子には画く為に生きるのと、生きる為に画くのは違うように思えた。生きる為に画くなら何でもいいように思える。

今までの母の絵は動機の半分以上が「入選」にあったように思う。六十歳から始めた母の画学には、ゆっくり自分が画きたいから画くという期間が短か過ぎたような気がする。「入選」とはまことに曲者である。子供達は「入選」を心のどこかで母のおしゃぶりの様に便利な道具として容認していたのではないか。絵さえ画いていてくれれば何も問題は起らなかった。母が守り通している独居に負う所も大きいが、俗にある世代間の抗争など母を中心としては何一つ起っていない。ただ皆が心から応援するだけで済んだ。しかし妙子は母の絵をそんなに傍観するだけでは済まされなかったのだ。常に母の絵に厳しい視線を据えていた。

だが絵をやめると言われて妙子の視線は宙をさ迷った。やめる位ならどんな絵でも画いていてくれる方がいいのではなかったのか。ああ、母の絵に何もあんなに期待をかけ肩入れする事はなかったのではないか。他の兄妹の様に少し淡々と接していた方がよかったのではないか。入選など所詮もう無理な話ではないのか。

「お母さん、出品する事ばかり考えないでもっと気楽に画いたら……」とどうして言ってあげられなかったか。

もう少し気楽に自由に画いて、ひと頃しきりに願っていた個展を開く方向へ強いアドバイスをすべきだったのではないか。

今、絵をやめるという母は、まるで断崖の淵にでも立っているかの様に妙子には危っかしく見えた。絵を画かなくなった母の行く道は一体どんな道なのか見当もつかなかった。

これから先は、ただ生きる為に食べ、食べる為に生き長らえるのか？　そうだとすると生きるとは何と苛酷なものか。子供達は誰も母が早く逝った方がよい等と露程も考えない。元気でいつまでも長生きして欲しいと希っている。でも何のために？　これ以上生き長らえて何かいい事があるのか。子供達さえもどんどん老いつつある。

いや、いい事があるのか等と言うべきではない。神の与え給うた命を全うするというのが本当であろう。しかしそれならば命を全うするとは何と苛酷な事であろうか。

妙子はまだ母さえ元気でいてくれたら、これからもう少し母に何か喜んで貰える様な事ができるのではないかと希望を捨ててはいない。子供達は何度も国外に旅しながら母をまだハワイへさえも連れていった事がなかった。連れて行くなら今のうちだ。いつか妙子が、

「ハワイに行く気ある？」と聞いた時、

「行く」

と答えている。一度あの限りなく碧いハワイの空と海と澄んだ大気、溢れる陽光、分厚く緑したたる大きな樹葉、咲き誇る花々を見せたら母は喜んでくれるだろうか。子供達みんなで母をハワイに連れて行くなんて、そんな難しい事でもない。やる気になればすぐ出来る事ではないか。妙子達はそれすらもやってない。だが妙子の思いはそういう事ともちょっと違う。

そして人々は死んだ後になって、せめて何々してやりたかった等と返らぬ悔に哭くのだ。画を抜きにした母の生活、食事、ささやかな買物、洗濯、縫い物、掃除、その様な日々の静かな明け暮れを、新しい余生として果して元気に送って行けるのだろうか。嗚呼。


たしかに幸な事に、とにかく出品の後は、たまった洗濯、縫い物、庭の草とり、押入れの整理、着物の虫干と母にとってはまたしばらく忙しい日々が続くのが年中行事となっている。気持の整理もさる事ながら、実際にやらねばならない事が山積しているのだった。妙子は早く行ってみたいと思うが、まだ片付かないから来なくていいと断られている。

「老人の日」も過ぎ彼岸近くになってやっと母を訪ねた。母はちょっと照れ臭そうに言った。

「やっぱり絵はやめない事にしました」

今年は何故か不幸が多くて葬式やら法事やらで日は流れ、秋もたけなわの頃母と電話で話した。

「来年の画題については心の中では、もう決まっているのです。長い間やって来たのです。お母さんの絵についてはは心配しなくていいです」

この前、蔽い被せる様にあれこれ言った妙子の気使いをすべて拒否しているようにも感じられた。

最近母がしみじみと述懐した言葉を妙子はいま反芻している。

「絵の方によい色が出て、自分の肉体より立派に出来ると、とても嬉しくて、まるで自分の生命がその絵に引きずられて、また生きて行くような気がするのですよ……」

ブナの原生林が枯れつつあると、しきりに話題となっているが、落葉した母の「林」は必ず芽吹くであろうと、祈るような気持で妙子は待っている。

老母との日々

母は七年前、平成九年の秋百四歳で亡くなった。その後私は四ツ切大の母の写真を額に入れベッドの横の壁に掛けている。

この写真は、母が次の正月には百歳になるという年の老人の日に区役所から祝いの品々が届いた時の記念写真である。時の総理大臣宮沢喜一の賞状と金一封等、区役所や社会福祉団体などからの金一封と記念品、花束。それに何故か郵政省からの記念品など多くの贈物に囲まれて、てれ臭そうな母に、何度もいい顔をして貰って何枚も撮った写真の中の最高にいい顔の写真である。

百歳になると都かどこからか知らぬが百万円の祝金が出るという噂を兄も私も聞いていた。それは本当かなと微かに期待した時期もあったが、母が貰ったのは五万円の包みと、他にそれより少額のものであった。高齢者の人口が増加し、百万円などはいつからか廃止されていたのだろう。
最高にいい笑顔のこの写真は翌年母の年賀状となり、親戚縁者、知人友人百人程に送られていった。その後、顔の部分を拡大して葬儀の際の遺影となり、三回忌、昨年の七回忌の法事にも用いた。

私のベッド（これは母のお古である）から見上げる位置に掛けてあるのはネガ通りのもので、羽根ぶとんや毛布などの記念品を背後に置き、花瓶一ぱいに活けられた、白百合、赤とピンクの大輪のカーネーション、オンシジュウム、霞草などの花々の下で、にこやかにほほ笑みかけてくる。

「おかあさん……」と一と言、も一度囁くように「おかあさん……」と、私は毎日呼びかける。ひそやかな親愛の情と無限のなつかしみを込めて、その呼びかけは他の誰に対するのとも違っていて、その時ほろ苦く、だけど甘くもある十年余の老母との日々が混沌と名状し難い情感となって私の胸に溢れ出、やがてゆるやかに全身に滲透してゆく。ひょっとしてこれは癒しと呼ばれる感懐に通じるものなのかも知れない。

母を看た十年余は三つの時期に分れる。前期はちょうど定年を迎えてフリーとなった私が母の住む鎌倉へ泊りがけで通った時期。母は父が亡くなった後、気丈にも二十年余を独りで鎌倉K寺の奥の茅屋に住み、毎年の院展応募を生き甲斐に画業に励んでいた。しかし九十を三つ四つ過ぎる頃になると、ぬれ縁から落ちて足を捻挫したり、転んで腰を打ったりして次第に日常生活に支障を来たすようになった。遂に一人暮らしはもう無理と見定め、私が泊りがけで衣食住の面倒を見ることとなった。妹も時々は様子を見に来た。

中期は、大森の私の家の前のマンションに越して来て、何とか元気に独りで寝起きができた百歳までの四年余。

後期は、夜中に転んで大腿骨を骨折し、車椅子とベッドの生活となり亡くなるまでの五年間である。

二十四時間つきっきりの最後の五年間を含めて十年余、兄妹の中では一番、老いた母と共に生きたという自負、母とのさまざまなふれ合い、誰にも共感できない母と二人だけの世界がそこにはある。

その中で母にとって最も楽しかったのは、恐らく私が鎌倉に出向いた時期、前期であったろうと思う。

母と子が四十年ぶりに一つ屋根の下に寝起きする愉しさには格別のものがあった。

それまでの母の暮らしは、ガスはあるものの七輪で麦飯を炊き、たらいで洗濯板を使って洗濯をするといういささか原始的なもので、その上母は料理に趣味が無かったから、絵を画き始めると食事などは面倒で簡素な二食にしていたようだ。

私は朝食によく挽き肉入りの大きなオムレツを作り半分ずつ食べた。母は、

「こんなのが食べたいといつも思っていたのよ」と言って子供のように嬉しそうにパクパクとまたたく間に平げる。

「若い頃街へ出ると食堂のウィンドウの中のオムレツを見ては食べたいなあと思っていたのよ」

　母は大柄で食欲旺盛だった。時々は食堂に入って食べてもいたのであろうが、そう何時もというわけにもゆかない。大方を教育事業や執筆で過した父の収入は不確実で、母の半生は貧乏との戦いでもあったのだ。

　鎌倉駅の付近まで私はよく買物へ行く。食料品や雑貨などを買い、ついでに小町通りをぶらぶらしてつかの間の自由を貪り、ちょっとしたシャツを買ったりして帰ると、母は私が出かけた時と同じ場所に同じ姿勢で待ちくたびれている。往復の時間も入れて二時間近い私の外出の帰りを今か今かと母はじっと待っているのだ。私の帰った時の嬉しそうな顔といったらない。買い物をテーブルの上にひろげ、最後に、

「ちょっと気に入ったから買ってきちゃった」

　とシャツを出して当てがって見せる。

「そんないい物があったのかい、よかったね」

　と母は喜んでいるような顔をする。そんなお買物をしているから遅くなるのね、などとは決して言わない。待ちくたびれた気持も娘の顔を見れば消しとぶ。

　時には「今日はすき焼きにしましょうよ」という母に、私の家では買うこともない上等の霜降り肉を買ってくる。葱、焼豆腐、白たきなどを揃え大体煮えた所で鍋を食卓のわきの火鉢のゴトクの上に移して二人で囲む。母はあわただしく口一ぱいに頬ばって「おいしい、おいし

い」を連発し、

「のどにつっかえないように気をつけてよ」と言う私の声も耳に入らぬ態で若者のように食べるのだった。

夏には母のスカート、冬には普段着の反物や、こたつぶとんの表を替えようと綿繻子のふとん地なども買い込んでくる。ある時買った水浅黄色に桜模様の生地がばかに気に入って「これをもっと買ってきて頂戴」と言う。それで母は自分の長襦袢を作った。母は裁縫も人並み優れて上手なのである。それから「これはりょうこさんに差しあげます」といってきれいにたたんだものを捧げるように、うやうやしく私に差し出した。

「えっ、なあにこれ？」広げて見るとそのあまり布で作った上っ張りである。いつの間に作ったのか、着る事はないであろうこんな派手な上っぱり、でも母が私に着せようと一生懸命縫ってくれたのかと思うと、うっと喉がつまり頭を下げて有り難く押し戴いた。

庭が広かったので草除りは大変だった。夏の朝早く起き出して草除りをする。後から起きた母が「疲れるからもうやめて下さい！」と大声で言う。涼しい早朝の草除りは結構気持の良いもので取り始めると中途半端ではなかなかやめられない。私がやめそうもないのを見てとると、「そんなにやめて下さらないならお母さんもやりますよ」と言って足を引きずりながら出てくる。母は時々私に対して丁寧な物言いをした。母がしゃがんで草除りをするのは無理なのは分っている。それを「お母さんもやります」と言えば私があわててやめるだろうと、母は娘の親思いを信じきった計算で私を脅迫してくるのが可笑しくて吹き出したくなる。

リスが時々チョロチョロと生垣の上を走る様を見るのは一興だが、困るのはここには藪蚊はもちろん、蜘蛛、ゲジゲジ、百足、ゴキブリ、蜂、時には蛇などが横行していることだ。私たちは大騒ぎでそれらに立ち向かわなければならなかった。蛇には挑まないものの百足などを退治する母の姿は結構勇ましかった。でも私が蜂に刺された時「痛いでしょう」といって母の方が泣き出したりした。

一週間に一度、一両日を東京の自宅へ私は帰る。その時の母の哀れな顔は見るにしのびない。

「今度はいつ帰って下さるの？」

私が鎌倉に来る事を「帰る」と母は表現する。

「そうね、あさって頃、またすぐ来るわよ」

そう言って帰って行く私を母は縁側に坐って深々とおじぎをしたままで見送るのだ。

有り難うございました。と寂しさをこらえて言っている母のその姿を見るのはつらい。そんなにおじぎしないでよ、と喉の奥で叫び振り切るように私はあじさいの繁みを急いで曲る。

そんな生活が二年位も続いたであろうか。その間に私は兄妹とも相談して電気洗濯機、掃除機、炊飯器などを買い揃えた。古いテレビや電気ごたつも買い替えたし、真っ暗な夜の庭には水銀灯を備え、押入れの中には衣裳ケースを何個もセットしたり、私は嬉々として改革を断行した。だが後になって考えるとそれが母の為に良かったのかどうかは極めて疑わしい。

それまで長い間続けてきた母の生活を破壊した事はたしかだった。今頃になってそんな事に気がつく。母は洗濯をしなくなり、炊飯器の蓋の開け方が分らぬと帰宅中の私に電話してきたり、テレビのリモコンの操作においては全く困窮した。当時のリモコンは今日のよりずっと小さくて薄くて色は真っ黒、極小の文字は読み難く、年寄りには絶対に使い難い代物であった。私は思わず電気屋に文句を言ったが「メーカーに言って下さい」と言われる。それはそうだ。この高齢化の時代にこんなリモコンを平気で作る人間は何という大馬鹿野郎かと腹が立った。(今のリモコンを見よ、大きくなり明るい色になったではないか。)

「テレビが物を言わなくなりました」などと電話がかかって来たりするとほとほと困った。カチッカチッと回すアナログ式の方が母にはよっぽど使いよかったに違いない。

こんな鎌倉通いが何時まで続くのか、前途を考えるといささか暗澹たる思いだった。いっそ私の家に引取りたかったが、私の家は一階がリビングで居室は二階であり、母には二階住まいは無理であるし、それに夫も賛成ではなかった。それより私に鎌倉へ行ったきりでよいと言う。そう簡単に言われても私は自分の生活の本拠を鎌倉へ移すという気にはなれなかった。

そうこうするうちに、私の家のまん前に瀟洒なマンションが新築完成したのだ。細い私道を挟んで目の前である。正に天佑ではないのか。経済的な面倒を見てくれている次兄に相談、話は急転直下ここを借りて母に来て貰おうという事になった。当然私は母の一生の面倒を見る覚悟をせねばならなかった。それもやむを得ない成りゆきだった。

母にこのマンションの下見をして貰おうと、鎌倉から車で母と妹と私と三人で大森へ向った。

途中渋滞して長時間かかり、母はおしっこがしたくなったと言ったのだが適当な所がなく、とうとう私の家まで我慢させてしまった。一度トイレ休憩をすべきだったのに私も妹も全くそんな事を考えもしなかった。

その日はマンションの部屋の下見の積りであったが、私の家の前ではあるし母はもうここでいいと言う。そうと決めれば今更また鎌倉へ帰るのも大変なのでそのまま私の家に泊り、二、三日中に鎌倉の荷物を東京に運ぶ段取りとし話はトントン拍子に展開した。長男、次男、長女、次女の四人兄妹のうち、最もチヤホヤされることのなかった長女の私の所に何故か母は来るといったのだった。

リビングを片付けて母の寝床を設えた。夜中にトイレが分らないと困る。トイレットペーパーを延ばしてトイレまで敷いた。

「お母さん、これなら分るでしょ」これは名案だと我ながら苦笑したが母は笑わずじっと見ていた。この方法はマンションに移った時にも用いた。そうだ、今分った。鎌倉の家の旧式の便所ではチリ紙を使っていたから延々と伸ばしたトイレットペーパーの光景が珍しかったのではなかろうか。

こうして母九十四歳の秋、大森のマンションでの生活が始まった。その結果更に足かけ十年、私は自分自身の自由な生活を放擲する事となる。

これからの四年間が中期である。この期間は母はまだ元気であった。捻挫や打撲はほとんど治っていたがあまり歩かなかった為、歩行する力は非常に弱くなり、部屋を出て私の家までの二、三十歩位はなんとか歩くが遠出といえば、すぐ近くの八百屋まで歩いた一回きりだった。その道は大通りで車の往来が激しいので鎌倉の山裾に住んでいた母は恐ろしいという。三、四年前まではK寺の門前から鎌倉行きのバスに乗り銀行や郵便局や市役所などの用足しにも出かけて行った母であったが、そういえばあの道は狭くバスなどもノロノロと走っていたから恐くはなかったのだ。母はよく「東京のド真ん中へ来た」と言った。私は「ここは東京のド真ん中じゃないわよ、むしろはずれの方よ」などと言わずもがなの事を言ったりした。

この時期をふりかえると非常に心が痛む。最初の数日私もマンションに寝泊りしたが、母は独りで大丈夫と言うので一応独り住まいを始めて貰う。

私は朝食を運ぶ。母は寝具を部屋の一隅にきれいに積み重ね、身繕いをして待っている。まだ冷めていない味噌汁を「ああ美味しい」と言う。

昼食は私の家に連れてきて、三人で食事をする。デザートには必ずアイスクリームを出す。夕食はまた向こうに運ぶ。食事の度に顔を合せるのだし、その間でも一、二回は様子を見にゆくのだから、あとは何とか独りで過せると思っていた。

「独りでいることには馴れていますから何の痛痒も感じません」と強がりを言ってもいた。個展を開く話が以前から持ち上っていたし、絵も少しは描くであろうと思っていたのだが、実はもうその頃はあまり絵を描かなくなっていたのだ。

美術学校などに行って基礎から絵を学んだわけでもなく、六十歳から堅山南風に師事し塾生にまじって院展に応募、前後七回も奇蹟的に入選を果たした母は、大作ばかりを三十年も描き続けてきた。色紙短冊の類はほとんど描かない。大面布を動かすことが体力的に不可能となった時、既に絵を描く目標と情熱を失っていたのだ。絵を描かないとなると、たしかに時間を持て余すであろう。

鎌倉には広々とした開放的な庭があった。朝は新聞配達から始まって郵便配達、よろず屋のご用聞き、時々入る庭師、宅配便、時にはバキュームカーの汲取りもある。電話で注文すれば肉屋、魚屋、八百屋、すし屋等が配達してくれる。隣家もある。いろいろな人々が自由に出入りしていたし、母はれっきとした一国一城の主であったのだ。

しかしここはどうだ、オートロックで誰も入って来ない。出るのも厄介だ。鍵の操作がむずかしく一度出たら一人では入れない。腰が曲っているから鍵穴に届かないし、開けたら三秒位でさっと入らないと閉ってしまうようなドアでは対応不可能である。

マンションの入り口の横には池があり鯉などが放たれていて、灯籠もありちょっとした日本庭園の趣があるのだが、そんなものを見にゆく気にもならない。新築で綺麗で一人暮らしには広すぎる程の部屋とはいえ、考えようによってはまるで座敷牢のようだと言えなくもない。

まして鎌倉で母と子の楽しい一時期を過した後でのマンションの独り居は、母にとって予想外に厳しいものだったのかも知れない。いや実は寂しかったのに違いない、けっきょくいたたまれなくなって、さしたる用事もないのに始終私の所へ電話がかかってくるようになった。全く大した用ではない。そんな事食事の時に言えばいいのにと、母を抱え込んでこちらも予想外

に自由を失った私は苛立って、

「大した用事でもないのに、そうそう電話ばかりかけないでよ」と強く言い渡してしまった。

「電話かけるのも悪いのですか」

と母は悲痛な抵抗をした。

「だって私だって歯磨いている時とか、トイレに行っている時とか、家の方だってやることは一ぱいあるし、何かやりかけている時とかあるじゃないの……」

そんな私の言い草が母を驚かせ失意と落胆に陥らせた事を疑う余地はない。

……お母さん、ごめんね。ずい分ひどい事を言ってしまったね。私だってやっと定年になってこれからっていう時だったからね、やりたい事がたくさんあったんだよ。でも結局はできなかったよ。お母さんのせいじゃない、自分のせいだけどね。

ほんとに悪かったね、何でもっとお母さんと話す時間を持たなかったんだろうね。優しくなれなかったね、私は……

謝ってもあの世の母が心から許してくれているとは思えないひどい仕打ちだった。

そんな思いに駆られる時は、せめて少しでもよかった事を思い出すことにする。

母の所に行って何かをする、例えば敷ぶとんにシーツを縫いつけたりする時、母にとって私がそばにいる一番嬉しい時だ。前に坐って私の針の運びを見ながら、

「上手だねえ」を繰り返し、

「第一、手つきがいい」と褒める。

「縫い物はお母さんにはかなわないわよ」

母は一しきり自分が師範学校の生徒だった時どんなに裁縫が上手だったか、誰も縫えない袴を仕立てたとか自慢話をしてくれる。ああいう時が至福の時だったのかなあ。

編み物をしてみたいと言うので太い毛糸と編み棒を買ってきて、まず肩掛けを編み始めた。始めを私が少し編んで後を母が続けた。夜になって母が寝た後で点検してみると、編み方が少しおかしい所がある。ほどいて編み直しておくと、翌日、

「あなたが編み直してくれたのでしょう」

とすぐ分る。でもだんだん出来てきて、うぐいす色にエンジの線を入れた素晴らしい肩掛けが完成した。母はこの肩掛けがとても気に入って「私の肩掛け、私の肩掛け」と片時も手放さず愛用した。

二年、三年と経つうちに母も次第にマンション暮らしに馴れてきた。

百歳の誕生日を迎えようという頃だった。夜中の三時半頃電話が鳴った。驚いて飛んでゆくと母が電話器の傍で倒れている。トイレに行こうと起きた時、傍にあった座ぶとんの上で足を滑らせて転んだらしい。痛くてたまらぬと言う。よくもそこから電話の置いてあった隣室まで這いずってきて、うす暗い中でダイヤルを回せたものだ。

母が痛がって動けなくなったから、さあ一大異変である。夫と二人で抱えてトイレに連れて行こうにもほとんど不可能であった。突然襲った痛みと、排泄に手を借りるという生れて初め

ての屈辱に耐えようとする母の顔は蒼白で鬼気迫るようなその物凄い形相に私は息も止まらんばかりに動転した。悪夢の夜が明け、私は紙おむつなる物を買いに走った。

これからが後期である。

片方の脚全体に黒血が流れ紫色に腫れあがってきても、かかりつけの町医者はすぐ病院に運びレントゲン検査をした方がいいなどとは言わなかったし私も無知であった。何の根拠も無いのにその医者は、

「折れてないよね――折れていたとしてもこの歳ではもう手術はできないでしょう」などとうそぶいている。一体どういうつもりなのか。

勝手に救急車を呼んで病院へ行き大腿骨頸部骨折と分るまで一週間以上も経ってしまった。即入院。年末で医者が休みに入るので手術は一月六日頃になるという。「転んだ時すぐ来ていればもう済んでいましたね」と医者が言った。

翌日行ってみると、母は膝の所に穴をあけられ、針金のようなものを通して大腿部を吊り上げられている。私は危なく大声で悲鳴をあげるところだった。

手術は無事済み、それから三カ月程入院していたがリハビリは思うように進まず遂に母は立てるようにはならなかった。この間何故か病院では導尿をするので細菌感染症にかかり易く熱が出る。しかも導尿の装置をしたまま、リハビリを平気でやるのだ。一体自分がそういう事をやってみてどんな具合なのか分っているのかと怒鳴りたい気持だった。

一旦退院したものの、睡眠薬やエンドレスの点滴などを施す町医者との軋轢も加わり、馴れ

ない介護に疲れ果て、私の方が点滴を受ける状態となった。私一人ではとても看きれないと内科の方に母を再入院させて貰った。

入院中、母は狂気のように夜となく昼となく「りょうこさーん、りょうこさーん」を連発しその声が病棟中にひびき渡って有名になってしまった。私は隣室などに詫びて回る始末だった。私の名を呼び続けるのはマンションに母を独りにしておいた罰だと私は真底そう思った。何年もあったのに、食事時でもなく、用事でもない時に、何故五分でも十分でも母と話すことをしなかったのか、電話をかけないで、等とどうしてあんなつれない事を言ったのかと自分の非情さばかりが思い出されて、毎日ベッドの裾で泣いていた。

そうこうしてまた三カ月程が経過した。容態も安定し、病院で日夜付き添った経験で多少介護の自信もついた。医者にも退院を勧告され老人施設等も一、二当ってみたが遠い所に母を送る気にはなれず、とうとうマンションへ帰ることとなった。

それからの五年間、ベッドと車椅子の母の介護に私はベストを尽くした。自分の居住はマンションに移し、二十四時間付きっきりの介護である。定年直後から通っていた小説教室も中断した。ある友人は介護などしないで書くことをやりなさいと言う。しかし一度訪ねてきて私の様子を見ると、

「あー貴女、お母さんが可愛くってしょうがないんだ……」と言って帰ってゆき以後何も言わなかった。

母は立つことが全然できないし、私の力では大きな母をベッドから車椅子に移すことは不可能であったから考えた。車椅子は背凭れを倒すと水平になるものを買い、ベッドへ横づけにし、母をベッドから車椅子の方に引きずり降ろすのである。丈夫な敷物を作り、それに布で取っ手を附けたものを、まず母の体の下に敷き込み、取っ手をもって引っぱり敷物ごと車椅子に移動させるという寸法である。

この発明で食事毎の、ベッドと車椅子との間の移動は割にスムースに行くようになった。足が立たないだけなのだから、なるべく車椅子を用いて起こすようにしないと、ベッドに寝たきりでは人間らしさを維持することはできない。〈寝たきりは寝かせきり〉という言葉をそれまでに何度となく聞かされていた。

母は既に入れ歯を使わなくなってしまっていたので食事はすべて柔らかい半流動食である。朝はまずお粥作りから始まる。じゃがいも、人参、玉ねぎを入れた野菜スープの味噌汁はミキサーにかける。そして半熟玉子その他というのが典型的な朝食だ。

朝食の用意ができた所で母を起こし衣類を整えて車椅子に移す、前に台をセットしコロコロとリビングの方へ移動する。髪を梳いて頭上においたつげの櫛に髪を8の字に巻きつけると、ちょっとおつな櫛巻となる。母の永年のヘアースタイルだ。

うがいをして貰い顔も自分で拭いて貰う。食事はスプーンと箸で大体は自分で食べる事ができた。

食事がすむと昨日の日記を書く。「日記が書きたい、早く日記を書かせて」とせがむ。日記といっても天気が良かったとか雨が降ったとか、大分涼しくなったとか、誰が来たとかの類でその他に百人一首の歌を一首書く。良く書くのは「天智天皇秋の田のかりほの庵のとまをあらみ……」である。

一と休みして今度は運動に風船つきをする。母の手の力は強く車椅子からポンポンと紙風船を私へ打ち返してくる。その時ちょっと足が上に上るのだ。あれだけの力があるのだからリハビリをもっと丁寧にやれば瞬間的に立つ位の事は出来たのではないかと口惜しかった。

よく歌も歌った。母は「ああ玉杯に……」が大好きであの長々しいむずかしい歌詞をよく覚えていて最後まで歌うのである。所々忘れるので紙に書いておいて、二人で喉が涸れるまで歌った。歌の上手な母から何故音痴の私が生れたのか、「青葉の笛」のメロディをこの時期に母から教えて貰った。

手踊りもやった。疲れるとベッドへ移す。昼食になるとまた車椅子へという具合である。三度の半流動食の食事と、如何に車椅子の母の相手をするかが毎日の重要課題だ。

当時、まだ介護保険制度は無かった。区がいろいろな福祉制度をバラバラに実施していた。ヘルパー派遣、入浴サービス、訪問看護、デイサービス、ショートステイ等々。これらは区報をよく見るかまたは区役所の福祉課などに問合せなければ知る由もない。ぼんやりしていては駄目なのである。私もとりあえずヘルパー派遣、入浴サービス、訪問看護等を受ける事にした。もちろん有料である。

母は自力ではなかなか排便できなくなっていた。私はかつて病院で看護婦が手袋をはめた手指で掻き出すのを見ていたので、見よう見真似で上手にできるようになった。こればかりは終始私の専売特許だった。時には早くしまいすぎて失敗し替えたばかりのパジャマやシーツまで汚してしまう事もある。

「あー、ごめんごめん悪かったねぇー」あやまるのはこっち。最も母を大切に扱う時なのだ。

町医者は変えたが、今度の医者は前の医者とは反対で何もしてくれなかった。往診に来ては私の報告を聞き、それを復唱して帰って行く。最後まで注射一本してくれなかった。

母のベッドから見える位置に大きな手製の暦をかけた。拳大の文字で日付を書いて日めくりにする。

「字が上手ですねえ」

「字はお母さんの方が上手よ」

「いいえ、りょうこさんの方が上手です」

「お母さんの方が上手」

と半ばふざける様にくり返し言い合う。最後はお母さんの遺伝でしょに落着く。

この間、更に二度も足の骨にヒビを入れた。一度はベッドからずり落ちて、もう一度は妹と母をベッドに引きずり上げる時のタイミングが悪く失敗した。二度ともギブスをはめて長い間よくそれに耐えた。何という生命力の強さであろうかと私はただただ、感心するばかりだった。

長兄は軽い脳梗塞がありよくめまいがすると言い、自分の体調の良い時、一〜二カ月に一度大てい母の夕食時に、やって来た。次兄は必ず一と月に一度午前中に来て母を見舞い、私と夫とに幾許かの手当てを置いて仕事に出かけてゆく。妹は大体一週に一度昼頃来て夕方帰る。時に泊ってゆくこともあった。藤沢に住む妹にはそれがせいいっぱいの介護への参加だった。

春が来ると車椅子で桜見物に連れてゆく。近くの小学校にソメイヨシノの大木が数本ありそれは見事に咲くのだ。あまり綺麗なのでどうしても母に見せたかった。まだうすら寒い季節だからしっかり身仕度をする。例の「私の肩掛け」をかけ、足許は毛布でくるんでゴロゴロと車椅子を押して行く。大ていは私達夫婦とヘルパーと三人がついてゆく。校庭に入ってしまうまでは母はおっかなびっくりで緊張している。

「ああきれいだねぇ」とは言うものの往復の恐ろしさの方が身にこたえるようだった。

平成九年春の桜見物のあとが悪かった。とにかく室内用の車椅子で外に出るのだから車輪が汚れる。その日はヘルパーの休みの日で私と夫と二人で連れ出し、帰った時玄関で車椅子から母を床の上に降ろした。本当は新聞紙等を床に敷いて汚れている車輪のまま車椅子でベッドの所へ運ぶ方がいいのだが、何故かその日玄関で母を降ろしてしまったのである。床の上をずるずるとベッドの所まで母を引きずってきて、二人で床から一気にベッドへ持ち上げようとした。例の敷物の向うと手前の取っ手を持って、二人が同じ側に立っていた。「よいしょ」とあげようとしたが半分位も上がらない。無理な態勢のまま力を込めて「えいっ！」とばかりにベッドの上に引き上げた。「いたたたっ！」と母が叫んだ。またどこか骨でも傷めたかと、よく調べもせず救急車を呼び病院へ行った。何度も痛い目に合せて体を動かしレントゲンを撮ったが異状はなかった。前の時「私だったらすぐ救急車を呼ぶわ」と兄嫁に言われたのが忘れられず、この日はあわてて救急車を呼んだりしたがその必要はなかったのだ。実に馬鹿な事をした！

あまり痛い思いをさせたショックで母は飲まず食わずになり、また「りょうこさーん」を連発した。以前の入院時にいた看護婦が「ああ嫌だ、あの声」と耳を塞ぐのを私は見た。

私は一刻も早く母を連れ帰りたくて翌日早々に車の手配をした。飲まず食わずでは点滴でもして貰ってから帰った方がいいと思い申し出たけれど、それもすぐにはして貰えず車が来たので帰ってきてしまったのも良くなかった。母は脱水症状なのか意識朦朧であった。

新しくできていた訪問看護制度の事も知らない、点滴もできない町医者とまた一週間位もめているうちに母の左腕に麻痺が起った。梗塞でも起したのか少しむくんだ左手を持ちあげておろすとバタンと物体のように落ちてしまう。

早く点滴をしなければ……と言ってもラチがあかない。全く何という医者だ。この医者は訪問看護を受けると自分が主治医でなくなると思い込んでいて抵抗している。馬鹿医者め。あの手この手でやっと町医者に納得させて、入院していた病院の訪問看護を受け点滴をして貰い何とか意識を取り戻した。

それからの半年、もう百四歳になっている母、十分に寿命を全うしている母に更に叱咤激励するように栄養ドリンクを飲ませ、おかゆを食べさせ半年も命を長らえさせたのは何の為だったのか。そこまでして生き長らえることを母は少しも望んではいなかったであろうに、何故そんなに必死になったのか。

花見の後の一連の失敗の為に母の命を縮めてしまったという自責の念が私を苛んでいて、できる事なら花見の前の状態に何とか戻したいと切望していたのは確かだ。それでは自分の気持を満足させる為にやっていたのか。

いや、人が死にそうになるのを見ては、そのまま放ってはおけない。少しでも生き長らえさせようとするのは人間の本能ではないのか。

秋、十月十一日の朝、呼吸の乱れを読みとった私はいよいよ今日は終りかも知れないと感じた。すぐ二人の兄と妹に、

「今日は早く来た方がいいと思う」と電話した。午前中、綿に水をふくませては母の口に当てがったりしていた。二人の兄と私と夫、ヘルパー、訪問看護婦が揃って見守っている昼すぎ母の息が途絶えた。妹は一と足遅れた。それまでのすべてが終った。着けていた重い重い鎧かぶとが全部溶けて流れ落ちていく。

その時まだ私に涙は無かった。

此岸

兄嫁の美代子が死んだ——八月下旬の蒸し暑い夜八時頃、次兄の家から電話でその知らせを受けた。

「あ……」と言ったきり私はしばらく息を止めていた。美代子の突然の死を悼むより先に、ああしまった！　という思いが私を押し潰していた。やっぱりもっと早く美代子を訪ねて、義理の妹とはいえ姉妹らしい会話の一つも交わしておくべきであった。全くどうにも取り返しのつかぬ事になってしまった……。

人の命は常々生死の境にあるなどと、わけ知り顔に広言して憚らぬ私なのだが、そんな事は口先だけ、何とも迂闊な事だった。やらねばならぬと思いながらそれをせず、ずるずると延ばしに延ばしていたというのは相手に対する愛の欠如に他ならなかった……。私は自分を責めた。

ところで兄の志郎こそ、今、どんな気持で妻の死を受けとめているのだろうか？　恐らく壮絶な苛責にその臓腑を抉られているに違いないと私は兄の気持を思いやった。兄には他に交際している女が有り、その事で美代子を少なからず苦しめていたらしいからである。兄は肺結核の前歴を持っていた。結婚後も度々喀血を繰り返し、その事が彼等の人生を支配した。職業は安定せず結婚後二十年位の間には十回以上も職を転々としている。美代子が働いた時期もある。長い間かかった志郎の病気がやっと治まり職業もどうやら定着したのはもう五十に近かったと思う。美代子は仕事をやめたが、その頃から今度は美代子が体調を崩し始めた。

簡単には語り尽くせない波瀾の人生を歩ませてしまった妻の他に、いつの間にか愛人が……そんな兄の情事を私が耳にしたのは、ずっとずっと後になってからである。私は美代子の気持を思いやり秘かに胸を痛めていたのだ。

志郎は声を荒だてた事もない優しい性格の男である。しかも強く美代子に惹かれて結婚したあの兄が……糟糠の妻を蔑にして他に女をつくるとは一体どうした事なのか。しかし兄だけが一方的に悪いとは私は思いたくなかった。鼻っ柱の強い美代子には、本当は甘えたいその心中とは裏腹に、すねて肘鉄を喰わすような所があると私は見ている。その肘をへし折っても絡め取るような愛情表現の出来る志郎ではない。強く意地を張られると一歩退いてしまうのが志郎なのだ。あの長く不如意な歳月の推移の間に、お互いが心に欲する方向とは逆へ逆へと少しづつ歯車が狂い出したのでもあろうと推測され、痛々しい感懐に浸された。

美代子と最後に電話で話をしたのは五月頃だった。私の次男の結婚式に、

「せっかくだけれど……私は出席できないわ……」

と彼女は言った。

「それでお体の方はどうなんですか？」

「相変らずではっきりしないいんだけれど……いま肝臓の組織を切り取って検査している所なの……」

何の病気だかよく分らないのだが、声の調子に変りはなく元気そうであった。時折電話では話していたが病気といっても正体は不明で、恐らく多分に精神的なものが作用しているのではないか等と高を括っていた。女性の平均寿命は八十歳となり、まだ六十半ばの美代子がまさかこんなに早く突如として死ぬなどとは夢にも思わなかった。

私は美代子にずい分長い間無沙汰をしていた。私だけでなく次兄の哲郎も妹の美穂もそうである。私達石垣家の兄弟は誠に疎遠な兄弟で、それぞれが自分の仕事と生活に没頭していたという他はない。私も仕事を持っていたし、志郎の家が都下H市にあり私の家からは二時間余もかかる不便さが、つい足を遠のかせて、美代子とはもう十年位逢っていないという始末なのだ。正月とお盆には母の許に兄弟家族全員が集合するのが年中行事なのだが、美代子はここ十年以上それにも姿を見せなくなっていたのだ。長男の嫁に対し、ろくに病気見舞もしないわれ等石垣家に対し、彼女はどうもあまり良い感情を抱いてはいないようだった。

彼女の得体の知れない病気を見舞い、恐らくその全身に渦巻き凝結しているであろう志郎への呪詛怨念の、せめてその一端を解きほぐして、どんな罵詈雑言も甘んじて聞き役となったならば、ほんの少しでも美代子の気持を軽くするのに役立つかも知れないと、私は常々考えていたのだったが……。

夫の情事を知った時、妻たる者は一体どうするのだろうか？　一と口に情事といってもいろいろあるだろう。ほんの浮気心からのものや、離婚を決意する程のものまで。ちょっとした浮気でも妻があまりに騒げば事は大きくなる。幸か不幸か私は夫が浮気をした証拠を獲得した事も無ければ、そのような疑いも持った事が無かった。しかしもしそのような事態に遭遇したならば……私なら開き直って自分も恋人を持って復讐するかも知れないし、何とか精神的自立を図るだろう。

美代子は自立するような女性ではない。古い型の女性である。自分は身を挺して家族の為に尽くしてきた。夫も献身的な愛を以て自分に報いるのが当然であるという考え方しか無いであろう。志郎に対する自己中心的な愛憎の坩堝に嵌って恐らく心の平静は無かったに違いない。

義理にも妹である私が何の慰めの役にも立っていない事を私は気にしていた。ようやくこの春、定年退職した私は、これからは時々美代子の許を訪れて、無力ながら彼女の恨みつらみの聞き役になる事も出来るだろうと思っていたのである。

しかし事はそれだけでは無かった。どうして志郎の所にはこうも悪い事が重なって行くのだろうかと思う。一人息子の邦彦は一流企業に勤めているのに何故か副業に手を出していた。妻の瑠璃子にスナックを経営させたり、また薬局経営を始めたりしては失敗し、数千万の借金のカタに志郎の家が取られてしまうらしい。そしてこの事件を契機に邦彦夫婦はどうやら離婚したらしいという情報が入ってきていたのである。本当にあの家はどうなっているのだろうかと私は歎息した。

　定年退職したものの、わが家では次男の結婚式があり、それが終ると私は酔狂にもある懸賞募集の応募作品を書き始め、それに没頭していた。これが済んだら美代子を訪ねようと思っていたのだが、事の成りゆきは、私の都合など待ってくれる筈はなかったのだ。

　私は暑い夏の間中、捩り鉢巻をして原稿用紙と取っ組んでいた。ちょうど追い込みの段階で、その日も朝からろくに化粧もせず、汚れた髪に濡れタオルで鉢巻をし、書きなぐっている所に知らせが入ったのであった。とてもすぐ出かけられる状態ではなかった。それに今はまだ病院らしい。行くといってもどこへ行ったらいいのか、兄と直接連絡がとれてから考えよう……とにかく私は書くのをやめた。

　彼女の結婚生活は不幸に終始した――という思いが私の全身をぎゅっと絞りあげていた。不幸の原因はお互いにあるだろう……気の弱い志郎と気の強い美代子。どちらが悪いとかいいとかいう次元を超えて二人の結びつきは不幸であったと私は思った。しかし死んでしまった今となっては、すべては運命《さだめ》であったと受容する他ないと思った。


　亡くなったと聞けば、こうして飛んで行くものを、どうして生きているうちに飛んで行かなかったかと止めどない悔いに押し流されながら、湿っぽく靄っている晩夏の明け方を、私はH市に向った。

　電車に揺られている私の脳裡を、タイムスリップした志郎と美代子の半生が巡り巡った。

兄嫁美代子、その人は、色白の丸顔、くっきりと大きな瞳、鼻は可愛らしく口許は小さく、笑えばコロコロと玉を転がすような笑い声で小粒の真珠が並んでいるような歯並みが覗く。背はすらりとして紫の総絞りの着物姿がピタリときまっていた。こんな綺麗な人が兄のお嫁さんになるのかと乙女心を弾ませ、その人は私などとは出来も育ちも違うのではないかと一種の憧憬さえ感じていた。

一方、志郎もスマートな長身で中々のダンディである。その志郎と美代子が並んで歩けば、人が必ず振り返って驚きのまなざしを送る程、際立った美男美女のカップルであった。

美代子はお嬢さん育ちではあるが、彼女の家庭はやや複雑であった。美代子の父は三度、妻を迎えている。初めの妻は一男二女を産んで亡くなり、その後迎えた妻は恐らく美人だったに違いないが美代子を産んで早死し、美代子は更に継母に育てられている。父親は可愛い美代子を溺愛した。

美代子の兄、篠田弘介と志郎は同窓で、適齢期を過ぎようとしている妹を是非にという弘介の願いで見合をする。幸か不幸か二人はすっかり魅かれ合い、結婚はもう時間の問題と思われていた。

ところが、そのさ中に志郎は喀血してしまう。数年前発病し、一応治まっていた病気である。一転して前途は真っ暗になった。

こうなっては簡単に結婚話を進めるわけにはいかない。石垣家は急に沈黙し、篠田家では事態を訝り事の進捗を迫った。先方は急いでいた。正直に喀血した事を伝えるべきか？　そうすればこの話は恐らく水に流れるだろう。当人はもちろん、両親、仲人は頭を抱えた。

私は思い出す。寝ている兄の傍らに坐って聞いたのだ。

「お兄さん、この話どうするの?」

「うーん……」ふとんの衿の下にある兄の顔は見えなかったが、ふとんが大きく盛り上り兄が呻吟している様は手に取るように分った。

「彼女はあまりにも素晴しいんだ……いま簡単に振り切る気になれないんだ……」

「うん……」

「ああいう人、ちょっといないなあ……とてもいいんだよ……」

兄は苦しそうに、だが正直に絞り出すように言うのである。

「断るべきなんだろうが……迷ってしまうんだ……」

「この事言ったら駄目になるかしら?」

「そりゃ駄目になるだろうね……」

「そう……」

私はそれっきりもう何も言えなかった。兄も黙っている。重苦しく時が止ったようだった。

あの時、志郎が美代子を得難い存在として大切に思っていた気持は真実である。しかし今考えると、多分にそれは皮相的で、人間性に及んで深く洞察して恋情を抱いていたわけではなかったかも知れない。志郎はまだ二十五、六であったし、それに恋などというものは恐らくそんなものだろう。

仲人の意見は、この際、破談にする事によって受ける精神的ショックが、志郎の病気を必ず悪化させるであろうというのだった。仲人は、時間を取ってしばらく静養し、早く体を治して結婚するのが良いと言う。志郎の肺病は開放性ではないといわれていた。両親は、子供の身を案じて正常な判断を下し兼ねていたし、とにかく志郎本人が諦め切れないのだから事は厄介だった。

結局は仲人の言う通りになった。どこをどう胡麻化したのか、篠田家にはこの時の喀血を秘して二人は結婚する。志郎は遂に、美代子の美貌と華やかさに抗しきれなかったのだと私は思った。

志郎、美代子の結婚には、こうして最初から〈嘘〉が内在していた。

そんな事とは露知らぬ美代子の花嫁姿は、水際立って美しく、そのにこやかな微笑みを昨日の事のように克明に思い出す。彼等は帝国ホテルの新婚室に一泊して、次の日に新婚旅行へと旅立って行った。

二人はとりあえず私達と同居する事になっていた。帰って来ると自分達の新婚旅行がどんなに素晴しかったかを志郎は得意満面で語った。「次の朝はね、僕のワイシャツ、ズボン、チョッキをすっぽり美代子に着せて男装させたんだ。それがまた見事に似合ってさ……」当時は男装といえば宝塚のスター位であったから「ホテルの中で、すっかり注目の的になったんだよ……」今思えばあまりにも他愛ない話である。

一体、美男美女の結びつきが何だというのだ、何の意味もありはしない。それにも増して、しっかりと掌中に握りしめた積りの恋愛でさえも、如何に虚ろい易いものであるかを、やがて兄夫婦の結婚生活の実像は情容赦もなく辿ってみせたのである。

十カ月を経た翌年の夏、長男が産れる。だがその出産が難産であった。早期破水、人工的に陣痛を起させる為に特殊の措置が講じられた。大事に育てられ痛い目などには逢った事がないのであろう美代子は「痛いっ——痛いっ——」と悲鳴をあげた。

「もう嫌！　もう子供なんて絶対に産まないっ——」という絶叫が病院中に響き渡った。赤児は母親似で玉のような可愛い男児であった。邦彦である。

愛する妻の泣き叫ぶ声に、すっかり打ちのめされて帰ってきた時の志郎は、まるで敗残兵のようであった。玄関の上り框にどかっと腰を降すと、頭を抱えて動かなかった。恐らく美代子の号泣は志郎の耳底を焦がす程に焼きつき、引き裂くような悲鳴は、志郎をずたずたに傷つけたに違いない。あの夏の日、玄関で頭を抱え込んでじっと動かなかった志郎の黒い影は、私の脳裏から消え去ることはなかった。

心根の優しい志郎は、あの時、もう二度と子供は産ませまいと心に固く誓ったに違いない。この事が、それから先の志郎夫婦の間に何の影響も与えなかったという事はあるまいと、私は独り考える。

子供が産れて間もなく志郎が喀血した。病気の情況が隠されていた事を美代子は知る。当時肺結核はまだ不気味な嫌な病気であった。志郎は療養所に入退院を繰り返した。将来の見通しも持てず、この頃彼女は大いに悩んだに違いないのだが、二人は別れなかった。戦争が次第に激しくなる頃である。私達はご飯を秤にかけてよそわねばならなかった。茶碗に軽く一膳のご飯。その中から皆が乳を出さねばならぬ美代子の為に少しづつ供出して、美代子には二膳にする。私達も皆食べ盛りで、そうやって納得していたのであるが、美代子にとっては絶え難い屈辱的な事であったろう。美代子は決して豊かとはいえないわが家での同居を嫌悪していた。時々実家に帰っては空腹を癒していたと思う。美代子の父親は実業家であったから、わが家よりは豊かであったと思われたが、美代子が実家に泊って来るような事もなかった。

疎開。敗戦。戦後は志郎も私と共に父の事業を手伝ったりした。私は間もなく結婚して家を出たので、その後の彼等の生活情況の詳細についてはあまり関知する事なく時が流れる。

疎開先での、のんびりした田園生活が良かったのか、志郎は次第に元気を回復してきた。しかし家を建てては手離し、印刷会社等を興しては潰したりしていた。父は常々、志郎達が生きてゆく為の経済的援助を惜しまなかった。乏しい収入の中からやり繰りをして出来得る限りの応援をしていたが、限度というものがある。

生活は延々と不安定であった。どこへ行っていたのか志郎が家を出ていた時期もあったらしい。ある時期には、鯛焼や、焼芋等を作って売る店を開いた事もある。兄弟の中で一番恵まれた幼少期を過ごした志郎が、白い仕事着に前掛姿で大きな鉄の釜の前に立っているのを見た時には、さすがに目頭が熱くなった。仕事に貴賤は無いけれど、志郎がそこまで身を沈めて生きようとしている姿に私は打たれたのである。だが実家の近隣では、石垣さんのあの志郎さんが――と、しがない噂を立てられもしたようだ。その商売はあまり利が無かったのであろう。長くは続かなかった。

間もなくそこを小さなバーに改造し、美代子が店に立つようになった。世間知らずの美代子によく客商売が勤まるものだと私は驚いていた。私は宵のうち、その店に行ってみた事がある。新宿の繁華街を大分外れ、それでも大通りに面してその店はあった。十人は坐れないような小さな店でカウンターの中は人一人がやっと動けるだけのスペース。もう若くはなく、顔立ちに美貌の面影を残すだけの美代子がそこに立って嫋やかな仕草で、つまみを皿に取り分けていた。そうだ、考えてみると美代子は料理が上手だったし、盛りつけなどの手際も良かった。五目ずしの上に散らす金糸玉子の作り方を彼女から見習った。大人数のわが家ではついぞ作った事のない茶碗蒸しも彼女が作って見せてくれた。煮魚は淡味で、こってりと田舎風に甘辛いのしか知らない私には物珍らしかった事などを思い出した。

いつ覚えたのかシェーカーを振る彼女の腕の動きを私はびっくりして見ていた。

「お姉さん、そんな事できるの?」私は小さい声で聞いた。

「だってやらなきゃ仕様がないでしょ……」

「それ、むづかしいんでしょ?」

「適当にやればいいのよ……」

と彼女は笑った。今ではホームバーがはやりカクテル位は誰でも作るが、二昔以上も前の事である。

水商売の女にあり勝ちの媚態が全く見られない事に私は安堵しながらも、これでは愛想が無さすぎるのではないかと思ったりしていた。しかし笑顔には人をほっとさせる親近感がある。普通の家庭のような雰囲気だなと私は感じながら、この場末でこのムードで、これで商売になっているのだろうかと考えた。背の高い男が一人入ってきた。マダムは別に声を掛けなかった。その男は如何にも勝手知ったる様子で一番隅の椅子に、高い上背を丸めるように音も立てずに腰をおろした。髪結いの亭主風な、それは兄だった。

裏の方を住いにしていたらしいが、そこは狭くて天井までぎっしりと物が積まれていた。ここに人が住めるのかと思わず見回した。綺麗好きの美代子がとうとうここまできたかと私にはもう言葉は無かった。一人息子の邦彦の学費を捻出する為にも歯を喰いしばって耐えていたのだと思うが、その邦彦が落着いていられるような環境ではなかった。そういう私自身も病気の夫に代って働いている身であり、娘時代にはお互いに予想も出来なかった生活の中に身を委ねていたのである。

バーの経営は何年位続いたであろうか。そのうちに志郎の会社勤めがやっと定まってきた。有能な友人も出来た。邦彦もやがて大学を卒業し就職した。邦彦の就職を機に美代子は店を畳んで家庭に戻った。しかしそれまで張りつめていたのが一挙に緩んだせいか、それともやはり仕事が無理だったのか、家に引っ込んでからの美代子は体調が勝れず外出もあまりしないようになっていった。

やがて志郎の友人がT商社を設立し、トントン拍子に事業を拡大すると、志郎も招かれてT商社に移りようやく人並みの生活に安定してきた。志郎はH市に百坪余の土地を購入し、数年後に家を新築した。さして広くはないが自分達の好みの家を設計し、庭を造った。

転々と移り歩いた二人は、結婚してから初めて平穏な家庭生活に落着く事が出来たかに見えた。ここまで来るのに三十年の歳月が流れていた。邦彦も結婚して独立し、可愛い女児の孫も出来た。労苦は報われ、平和な日々が続いていると私は思っていた。ただ美代子が外出しなくなって、私達は逢う機会が途絶えていた。

しかし、その頃には既に志郎には、子供程にも年齢の違う若い女との交際が続いていた事になる。私達兄弟の情報は、年老いたとはいえやはり母の所に集まってくる。その女から何の用か母に電話があったというのだ。「志郎のように金も力も無い男のどこがいいのですか」と母が問うと女は「それでも私は志郎さんが大好きです。愛しています。絶対に離れたくありません」等、滔々と述べたというのである。何故か女の存在が美代子の関知する所となり、大分紛糾したという事であった。

「どーんこんしゃあない……」と母は熊本弁で愛想を尽かせていた。困った事になった……と私も母と顔を見合せた。

とにかく美代子が夫の情事を知った以上、志郎との間が険悪になったであろう事だけは想像ができた。その形相が如何なものだったのか、泣いたり喚いたりしたのか、物を投げたり壊したりしたのか、無言の冷戦となったのか、病気になって寝てしまったのか、あるいは女と一戦も二戦も交えたのか……私は知る由もなかったのである。

兄の家に着いてみると、邦彦と志郎が抜け殻のようにぼんやりとソファに腰かけていた。ゆうべは恐らく寝てはいないであろう。血走った目はどろんと生気を失っている。テーブルの上には、ビールの残ったコップやおむすびやサンドイッチ等が散乱している。

「ゆうべのうちに来なくてごめんなさい……」それだけ言い終らないうちに涙声になった。あとは何をどう言えばいいというのか、あまりにいろいろの事がありすぎる。志郎は撫然と黙している。私はとりあえず持ってきた茹で卵や煮物やおむすび等をテーブルの上に拡げた。邦彦は茹で卵を一個取った。

「あ、叔母さん、この茹で卵まだ温いよ、ずい分早く来たんだね」他の事は何も言わなかった、何とも言いようのない邦彦の気持がじんと伝ってきた。

「邦彦さんも、まだまだこれから親孝行するつもりだったでしょうに……こんな事になってしまって本当に困ってしまったわね……」声を落して言ったが、なお心が痛むような我ながらまずい言葉だった。

美代子の二人の姉が台所の方で何やら片付けをしている。彼女達は昨日病院に付添っていてそのままここに来たのであろう。美代子とその姉達は時々逢っていて、特に上の姉の広子がよく美代子の所へ来て話相手になっていたらしい。彼女達は台所から出てくると白い目で私を見た。その目は、全く現れる事のなかった私を批難しているかのようだった。あるいは妹を苦しめた志郎の身内に対する白さだったかもしれない。

兄はこういう煮物が食べたかったといって箸をつけたが、

「そうだ、あれにも食べさせてやろう」というと小皿に里芋や椎茸や人参牛蒡などを取り分けて持って行った。

美代子の柩は、隣の和室に北を枕に置かれてあった。私は恐る恐る柩に近づいたが、柩の小窓を自分では開き兼ねた。

「お兄さん開けてくれない……私、できない……」生前なすべき事をしなかった自分が、今は仏となった美代子に対し、そう気安く振る舞う資格は無いような気がしていた。白木の柩が何となく私を拒否しているような畏れを感じた。

「お姉さん、ごめんなさい……ちっとも来なくて……本当にごめんなさい……」私は心から兄嫁に詫びたが死者に通じる気配のあろう筈はなかった。「聞こえませんよ」と透明なプラスティックの境の下で美代子の平たくなった顔が言っているようにも見えた。私はすっかり気遅れして、あまりしげしげとその顔を見つめる事さえ出来なかった。美代子の一生が凝縮されて迫り私は少しの間、声を殺して泣いた。

二人の姉達は口々に美代子の死顔がとても綺麗だと言ったが私にはそうは見えなかった。しばらく振りに見る兄嫁の顔は苦悩に浮腫んでいるように私には見えた。しかし美代子が心を許して姉達に話をしていた時の、生前の、恐らく愛憎に歪んでいたであろう顔に比べたら、一切の煩悩から解き放たれた今の顔は安らかで美しいのかも知れないと後で気がついた。

「妹さんがお見えになったから、私たちはひとまず家に帰ります。また今夜のお通夜にお寺の方へ参ります」といって二人の姉は早々に帰ってゆき、邦彦も今夜の通夜に備えて用事があるといってそそくさと出て行ってしまった。

枢の他には、兄と私の二人だけになった。何から言い出したものか……聞きたい事は山のようにあった。

「そんなに病気が悪いとは少しも知らなかったけど……」一、二回入院した事があった様子だったが一度の見舞もしなかった私はとりあえず弁解がましく言った。

「いや、急なんだよ……私たちもまさかこんなに早くとは思ってもいなかったんだよ……おといまでは元気でさ、ただおなかがこんなに膨れてしまっていたので……『先生、このおなか早く何とかして下さいよ』なんて笑いながら言っていたんだよ……」

おなかの前に手を出してみせ、やっと兄が話し始めた。それは妻に死なれた普通の夫の姿であった。

「結局何の病気だったの?」

「肝硬変だね……だけど医者もひどいんだ……前もって何にも言ってくれないんだから……余命幾許も無いなら無いと早く言ってくれればいいのに……藪なんだきっと、よく分っていなかったんじゃないかと思う……私は肚に据えかねてるんだ……あまりひどい……癪に障るから訴えてやろうかとさえ思ってる位なんだよ……」

そこに、あっという間に妻を病魔に奪われて悲憤慷慨する至極自然の夫像を見せられて、肩の力が抜けてゆくような気がした。ああなのか、こうなのかと思い巡らせたのは私の一人相撲なのか。この夫婦は一体どういう夫婦の暮らしをしていたのか解らなくなった。

この家では参列者にとってあまりに不便なので、今夜の通夜と明日の葬儀は中野のG寺で取り行うという。既に八方連絡済みで、柩は三時頃運び出すとの事、従ってここでは何もする事はなかった。お供物が少し淋しいので私は花や果物やお菓子を買ってきて供えた。仏壇代りの急拵えの台に置いてある美代子の写真は、最近のものらしく如何にも初老の婦人の姿だ。腰の回りがふっくらと肥り、にこやかに微笑んではいるが昔日の面影はなかった。ゆうべ供えたのであろうサンドイッチやおむすびが少し干からびていて、如何にも慌ただしく襲った出来事を生々しく偲ばせた。

「あんな事があったから……こんな事になって……きっとつらい思いしているんだろうなあって思ったわよ……」私はとうとう口に出した。志郎は黙っていたが微かに頷いたように見えた。

志郎と女との関係はどういう風になっていたのか、美代子はどこまで女の事を知っていたのか、そんな夫婦が一つ屋根の下で一体どういう暮し方をしていたのか、私は詳しく知りたい衝動に駆られたが、しかし今、そんな事を根掘り葉掘り問い糺すのは酷というものだ。まだ血の吹き出している真新しい傷に焼火箸を突っ込むようなものではないか。ましてや死んでしまった美代子の霊の慰めにもなりはしない。私は話題を変えた。

「一人っ子だと、こういう時ちょっと淋しいわね、邦彦のお嫁さんや、子供は?」

「邦彦たちは離婚したからね……」

「やっぱりそうなの? だってまだ最近の事でしょ、お姑さんが亡くなったっていうのに嫁さんも孫も、離婚したからもう来ないっていうの?」

「そうだろう……」

「へーえ、そんなもんかしらねえ……それで……美代子さんは、この家が取られちゃうっていう事を知っていたの？」

「知っていたよ。それはずい分苦にしていたね……私はこの家を抵当に入れる事は絶対に嫌だと言ったんだけど……邦彦の為にどうしてもって、美代子が泣いて頼むもんだからとうとう終いには私も折れてしまったのさ……だからその事だけは美代子もずい分気にしていたよ……」

「ふーん……」

「だけれど、せめて今は、まだこの家があってよかったよ、美代子が帰る家も無くなっていたら本当に困る所だったよ……」

　邦彦の為に、この家を抵当にしてと、美代子に泣きつかれては、負い目のある志郎が断り切れなかったというのは分らぬではない。しかし邦彦のそれまでの行状から見て、危険極まる事なのは明らかだった。他に方法はなかったのか、何ともやりきれない話であった。

　大体、何故、副業などをするのだろう。推測するに邦彦も瑠璃子も派手好みで遊興費が欲しいのだろう。それで店等やってみるが素人の戯事に等しくうまく行く筈はない。その度に増えるのは負債で、事業の負債も、遊興費も味噌糞一緒に雪だるまのように膨れていったとしか思えない。この上はサラ金に足を突っ込まねばいいがと思う。妻に店をやらせる邦彦と、美代子に店をやって貰っていた志郎の姿とが私の中でだぶった。

　夫を頼りながらも満足できなかったであろう美代子が一人息子の邦彦を生甲斐のようにして

可愛さに甘やかしていったその気持を察すると哀れでもある。例えどんなになろうとも邦彦が生きてさえいてくれればいいとまで、美代子が言っていたという事を私は後で聞いた。そこまで思いつめていたというのは私にとっては衝撃的ともいえる事であった。邦彦の奴、そんな母親の気持を知っていたのだろうか、この親不孝者めが。

産れる時も惨々に美代子を苦しめ、しかもその母の死の間際まで尚も苦しめた事になる。一体どんな因果があるというのか。

夫には女がいる。息子は莫大な借金を作り離婚、やっとの思いで手にしたわが家は取られる、というのでは全く踏んだり蹴ったりではないか。病床の美代子はどんな気持でいたのであろうか。

だが死ぬ前日に、膨れ上った腹部をもて余し、「先生このおなか早くなんとかして下さいよ」と笑って医師に訴えていたという美代子の様子が眼前に浮んでくる。美代子はそんな逆境のさ中に伏しながら、死ぬ積りなどさらさらなく、まだまだ生きようとしていたのだという事が惻々として私の胸を打った。

お向いや両隣りの人が静かに焼香をして帰ってゆくと、志郎達が毎日買物をしていたという商店の主婦が三人、急を聞いて駆けつけてきてお悔みを言う。

「奥様はほんとにいい方で……いろいろとお世話になりました」皆が口を揃えて言った。

「旦那さん、お力を落されているでしょうけれど……旦那さんはほんとにお優しくて、十分に奥様の面倒を見ておあげになったから、奥様も、もうきっと満足してゆかれたと思いますよ」

「そうですよ旦那さん、本当にいつもいつも奥さんの手を取って散歩に連れてゆかれたり……私たちいつも見ていて、いいわねえ……私も一度でいいから主人に手を取られて散歩してみたいわねえなんて話していたんですよ、ねえ……」と他をかえり見る。

「そうなんですよ、本当に……仲が良くていらして羨しく思っていたんですよ……」

「そうですよ……奥さんもきっと満足していらっしゃいますよ、だから旦那さんも、あまり悲しまないで元気をお出しになって下さいよ……」

商店の主婦達は、飾り気のない言葉で、交々にそんな事を喋っては焼香をして帰って行った。私は首をかしげた。そうすると志郎達は外見的には仲の良い初老夫婦の体面を保っていたという事になる。残された志郎を慰める為のお世辞ではなさそうだ。

「いや、本当に散歩には始終連れていったよ、一人では外出できないし……家にばかり閉じこもっていては運動不足になるからね」

成る程、晩年の美代子は志郎に思いっきり甘えていたのか？　そう思いたい。しかし裏切った夫に対し、そう素直に甘えられるものなのだろうか？　銀髪の騎士を従えて、せめてもの妻の誇りを顕示していたのだろうか。

次兄の哲郎などは、例年正月に美代子が顔を出さないのは故意に拗ねて来ないのではないかと疑っていた。志郎の身内は美代子にとっては一つ穴の狢である。時には志郎をも行かせないように病気を楯に志郎を手こずらせて、休日こそ自分の傍に縛りつけておきたいのだろうと、私達は口にこそ出さないが心中ではそう感ぐっていた。

午後三時近く、庭の方から断りもなくのっそりと背の高い葬儀屋が入ってきた。青白い顔は頬がこけ、ひげの剃り跡が濃く目は引込んで鷹の目のように鋭かった。冥府からの使者に、これ程ぴったりな役者も珍らしいと思われるその男は、上背を少し曲げ足音もなく上ってくると、

「お棺を運びます」と事務的に言った。

お棺はお寺へ運んでしまうと祭壇に置かれてしまうだろうし、告別式が終ればもう大勢の人に取り囲まれてしまう。志郎が形ある美代子と、心をこめて最後の別れをするのは、今この時しか無いではないか。私は自分の事のように慌てた。

いつも好んで着ていたという洋服と眼鏡等が既に柩の傍に用意されていた。

「これを棺の中に入れてやりたいのですが……」

「どうぞ入れて下さい」そっ気なく葬儀屋が答える。志郎は洋服を胸の横あたりにおくと、

「この辺は、後でお花を入れていただきますので」といって葬儀屋が、それをずずっと足の方におろした。愛用していた洋服といわれても私のイメージからはかけ離れた燻んだ色あいの服だった。

志郎は美代子の頬や額をしきりに撫でた。しかし柩の中に横たわっている美代子は動かないように、顔の周りから、白い布で被われた型のようなものの中にすっぽりと冷たく沈んでいる。撫でるといっても生きている顔を包み込むように撫でるという具合にはいかなかった。ままな

らぬ手つきで、ただ頬と額に触っているだけである。志郎が生きている美代子の頬や額を撫でたのは、何時が最後だったのだろうか。赤くなった志郎の瞼から、つつーっと涙の粒が頬を伝った。ゆっくり別れを惜しんでほしい。眉一つ動かさずつっ立っている葬儀屋に憤りながら私は急いで台所へ逃げ込んだ。

「髪を少し切らして下さい」と志郎は鋏で美代子の前髪をほんの少し切って懐紙に取った。ゆるくカーブした美代子の髪は懐紙の上で息をしているように見えた。

霊柩車は美代子の柩と志郎を乗せて静かに動き出し、閑静な住宅地の一角を曲ってすぐ見えなくなった。晩夏の昼さがり、人がいるのかいないのか、どの家もひっそりと静まり返っている。

空地に生い茂る雑草は半ば色褪せて、もう薄がうっすらと赤味を帯びた穂をのぞかせていた。関東山地のはずれの丘陵地を切り拓いて住宅地としたこの周辺にはまだ武蔵野の片影が見られた。それは武蔵野の面影の中にあった昔の実家を突如として私に思い起させ、幼ない日々の断片が泣きたい程の懐しさをもってどっと甦ってきた。

その近くには雑木林や野原や小川や畑があった。前に空地があってちょうどこんな風に雑草が生い茂っていた……。

借地だったが広い庭、杉や檜が伸びるに任せて高々と聳えていた。大きな栗の木、椿、桜、梅、桃、柿、真白いこでまり、黄金色の山吹、紅いカンナやサルビア。花が咲いたり実が生ったりした。築山の後に生える茗荷。苺畑に白い花が咲くと藁を敷いてやる。砂場の上に傘を広げたような茱萸の木、赤い小粒の酢っぱい実。鶏小屋、餌は糠に大根葉を刻んで混ぜてやる。産みたて卵の卵ご飯。畑には菜っ葉、胡瓜、茄子、トマト、大根等、どれもこれもいびつだったけれど……。

暗い物置小屋には古道具やシャベルや鍬、炭俵や糠味噌の一斗樽。緑の絨緞のようなふさふさとした芝生、縁側から裸足で飛び降りて遊んだ。祖母が梅干を乾している。父の号令で兄も私も妹も皆裸足になって井戸からバケツリレーで水を運んでは池の水を取り替えた。金魚は時々死ぬ。届かないような高い葡萄棚、なかなか色づかない青い房。毎日家族七人分の洗濯で長い間井戸端にしゃがみ込む母、高々と三段の物干しに翻える白。滑り台のような板に着物地を伸ばす洗い張りを手伝う。綿の入れ替えに来た布団屋のぽんぽんとやる手捌き。貧乏暮らしとはいえ、今思えば何という輝かしい豊かさだったろう……。私達は庭でよく写真を撮った。写真を撮るのはいつも志郎だった。志郎は自分で現像焼付もする。私達にもそのやり方を教えてくれた。志郎は私より八つ年上だ。画もうまいし音楽が好きで当時流行のジャズやハワイアンに凝っていた。ウクレレ、ギター、アコーディオン、サキソフォン、トランペット、クラリネット等何でも奏でる事が出来た。学友とバンドを組んでは、時に横浜あたりのダンスホールで演奏したりもしていたらしい。今でいうグループサウンズの走りでもあったろうか。趣味と実益を兼ねていたのだろうが、これは体を悪くする一因ともなったと家族は見ている。スポーツはスキー。映画演劇も好きで大学時代には英語劇で準主役を勤めている。女学生の頃私が洋画ファンになったのは兄の影響なのだ。彼が買っている「スタア」という大阪雑誌が山の様にあった。広間の壁面一ぱいの書棚にあった固苦しい父の蔵書より、私は好んで「スタア」をめくっていた。

志郎は趣味が豊かというのか遊び好きというのか。次兄の哲郎が黒マントに高下駄、毎日のように友達を連れて来ては当時はやりのデカンショを論じ、碁と相撲と弓術と水泳というように地味で何となく一銭もかからないような趣味だったのとは全く対照的だった。

遊び好きの志郎も大学の最終学年では大分勉強に精を出した。彼はM物産かM商事を目指したが、そこには入れず、戦時中の故かM重工の方に就職が決った。

長男の志郎がM重工に就職決定した時の、わが家の喜びようは大変なものだった。当の志郎は本命の物産や商事が駄目だったので多少がっかりもしていたが、祖母父母弟妹全員、家の中を舞っているような気分だった。家族の生活と四人の子供の教育を全うするのは、教育評論家としての著述活動を中心とする父の収入では苦しかったのである。とにかく長男が一流企業に就職出来た、これで志郎は一生安泰、一丁上りっという所である。

志郎の最初の任地は長崎造船所で、卒業するとすぐ長崎へ赴任した。会社勤めも、家庭を離れて暮す事も初めての経験、両親にとっては大事に育て上げた子を遠隔の地に手離すのもまた初めての経験である。

情報が発達して子供の成熟も早い今日とはちょっと違って両親にとっては一抹の不安があっ

た。その不安はたちまち適中した。その夏、志郎は大喀血をして倒れた。これが最初の発病である。母が長崎へ駆けつけると、西日の当る下宿の雨戸を閉めて、バケツ一杯、真赤な血を吐き白蠟のようになった志郎が寝ていた。三人の医者が、この人はもう助からないと言った。同じ下宿に医学を学んだ人がいて、彼だけは、この人は骨格が大きいから大丈夫でしょうと言ったという。

安静第一、揺れる汽車は少しでも避けようと母と志郎は瀬戸内海を豪華客船で帰って来た。それから志郎の療養生活が始まる。私は夏休みには志郎の転地先に同行して食事の世話をしたりした。

会社は、三年間は休職しても良い事になっており、ゆっくり静養するように勧めてくれたようだが、志郎は何とも思いきりよく退社してしまう。大喀血の衝撃が「会社」より「命」を選択させたのだろう。ずるずると会社に繋がっていては、精神的に落着かないからか、きっぱりと辞めて心おきなく療養したいとの結論に達したのだ。私などは如何にも勿体ない話だと思ったが、概して石垣家の人間は恬澹として欲が無い。両親もその方が良かろうと思ったのだ。こうして一家をあげて雀躍した一生安泰の夢は脆くも潰えた。

この時は会社を思い切って捨てた志郎であったが、婚約中に再喀血した時には、どうしても美代子に対する執着を断ち切る事は出来なかったのである。

階下の斎場に横たえられている、この夜の主役とはほとんど無関係に、賑やかに飲み食いしていた大広間一ぱいの通夜の客は、一人二人と帰り始めると、次々に席を立ち、さあーっと波が引くように、いつの間にか大半の人が帰ってしまった。私はその夜、文字通りの通夜をしてもよいと思っていたが、こんな時こそ、美代子の骸の前で、志郎と邦彦が親子水入らずで話し合った方がいいと思い帰る事にした。邦彦は常日頃、公私共に多事多端で親とはろくに逢う事もなく話もしていないのだから。母親の最期にも間に合ったのかどうか疑わしい。

邦彦は志郎より背が高い。妻に死なれた志郎と、妻と別れた邦彦、やもめになって夜の帳の中に並んで佇む二人の伊達男の姿は全くもって何とも奇妙で、むしろ滑稽でさえあった。

翌日、志郎は火葬場へは行かなかった。妻が先に死んだ場合、夫がその骨を拾うのは人情として忍びないから行かなくてよい、あるいは行かないものだという説を、誰に聞いたのか固く信奉していて彼は葬儀が済むと一人寺に残った。大分疲れている様子で倒れなければいいが……と私は思った。

茶毘に付している間の待合室の空気というものは大体白けているものだ。人は皆、炉の中で起っている事態にじっと思いを馳せるのを拒むかのように、とりとめのない事を喋り合う。あるいはやがて己の身にもふりかかる必然として、平然と受け止めているのか。人間の肉体が骨灰になるのを待つこの〈時〉程、実は〈生〉についての啓示に満ち満ちている時はない。生の深淵に立たされながら、人はうまくもない茶菓子を頬ばり、淡く色づいただけの湯を啜って、その〈時〉を徒らに送り過そうとする。

美代子の兄と姉達は一つのテーブルに着いており、そこにだけは妹を亡くした想いが色濃く漂っていた。私は篠田家の人々と何も話をしないのは失礼な気がして、どのように挨拶すべきか迷っていた。話をするなら私のありのままの気持を語ろうと決心して、大分時間が経っていたが彼等の方へ近づいた。

「本当に何のお役にも立てませんで申訳ございませんでした……こんな事になってしまい定めしお心残りの事と存じております」と私は頭を下げた。彼等は黙って会釈をした。私は広子の傍に坐ると小さい声で聞いた。

「私は何にも聞いてないもんですから……ちっとも分らないんですが……お姉さんはやっぱり兄の事……恨みに思っていらしたんでしょうか……」

そうですとも言わんばかりに広子は大きく頷く。

「やっぱり……そうでしたか……」

「何しろあなた……志郎さんには……夫婦のようにしてた方があるでしょう……」

単刀直入に言われると私には返す言葉がない。弘介の方へ向って私は思いきって話す。

「覚えていらっしゃいますか？　あのお見合いの後のこと……実はあの時、志郎は体の具合が悪くなって……でも兄は美代子さんの事を、もうすっかり気に入ってしまって……どうしても思い切れなかったんですよ……」私は志郎が結婚する時、どの位美代子を好きだったかを分って貰いたい気がした。そんな事が今更何になろう？　いや違う、これだけはどうしても言っておきたいのだ。

「あの――子供が産れてから志郎君が病気になったでしょう……あの時、美代子は僕の所へ相談にきたんですよ……他の者はみんな、騙された、別れた方がいいって言うんだ……だけど僕は美代子に聞いたんだ、志郎君を愛しているのかってね、そしたら愛しているって言うから、それじゃちゃんと看病してあげなさいって僕が言ったんですよ、それで美代子は納得して帰っていった。結局別れなかったんだ……あれは僕の言った通りにしたんですよ……」弘介が力を込めて言うその気持の中には私の気持と相通じるものがあった。私達は皆、二人が愛し合っていた事だけは等しく認めていた。

「結婚する前にレントゲン写真を交換するように私は主張したんですけどねえ……とうとうそれもしないで……」

広子は口惜しそうに言う。話は核心に迫りそうになったが、その時階下から人が上ってきて「……ので、どうぞおいで下さい」と案内があった。

先刻、皆が花で埋めた骸は、無数の骨片となって目の前に盛られた。風化してカサカサと音を立てそうな貝殻にも似たその骨片の一つを、私は夫と二人で長い箸を使って挟み上げ落とさないように壷の中に納めた。この動作をする時程、夫と呼吸を合せようと真剣になる事は、日常まず他には無いように私は思う。自分もいつかはこうなるのだ、否むしろ、今この骨の主は自分ではないのかという錯覚に陥る。人間は塵から生れ塵に還るという言葉が胸をよぎった。

寺へ帰ると初七日の法要、その後また、精進落しの酒肴の席となる。二晩目ともなると、人々はそろそろ明日の仕事を考え始める。

帰りしなに弘介が志郎の所に寄って来ると、

「志郎君、元気を出し給え。美代子は死んでしまった……死んでしまった者はもうしょうがないんだ……残った者はこれから生きて行く事を考えなきゃならない……ね、そうだろう……私だって家内が死んでからこうして再婚している。君も一つ、遠慮はいらないから好きにやってくれ給え、な」

彼は、せい一ぱいの好意ある言葉をかけて志郎を労ったのだ。それに、これから先そう度々逢うこともないだろう義弟に対しつい先走った事まで言ってしまったのだ。それはよく分ったが、しかし葬式の日の言葉としてはやはりいささか先走りしすぎていた。

「いや……どうも有難いお言葉ですが……しばらく謹慎しますよ」

温かい義兄の言葉に目を瞬いて志郎は答えた。人工毛髪を使っているらしい弘介は、えらく肥った後妻と連れ立って帰って行った。たしか彼の前妻も肥っていた。違うのは後妻の方が背が低い事だった。

四十九日の納骨まで、兄は、週三回の嘱託の勤めに出、夜は一人で神妙にお骨の守りをしていたと思いたい。立派な仏壇も買ったらしい。志郎はきっと美代子の幽霊が出るに違いないと覚悟していた。私は時々電話した。

「どう？　幽霊出た？」

「それがね、不思議に一度も出ないんだよ……全く出ないんだなあ……」

「そーお、それはよかったじゃない……それはお兄さんが美代子さんの事、やっぱり心の底では思ってあげていたって事じゃない……」

「うーん、そうかなあ。俺さ、憶病だろ、出たら気味悪いなあと思ってたんだけど全然出ないから助かってるよ」

「そりゃ、よかった、よかった……」私は思わず苦笑していた。夜な夜な恨めしげな美代子の幻覚に悩まされるのではないかと同情していたのだが、どうやらそれは杞憂だったようだ。

やっぱり志郎は最後まで美代子を愛してはいたのだ……古の恋情こそ失なわれてしまったかも知れないけれど。ああ、そうだ、そうなのだ、今頃気がつくなんて、遅ればせながら私に一つの図式が解けてきた。男というものは欲張りなのだ、しかも欲張りなだけでなく狡いのだ。古女房への昇華された愛だけでは物足りなくて常に新しい恋を求めたがる――恋は愛などと呼べるものではない、強いていうなら私は愛欲と呼びたいのだが――そしてそれを隠蔽してあわよくば両立させようとするのだ。

家庭は家庭、恋は恋。


「美代子は石垣家の墓に入るのは嫌だって言っていたんだが……どうしようかなあ……」

「何言ってるのよ、そんな事真に受けて深刻に考えちゃうなんて……全く兄さんときたら……」

「だってそう言っていたからさ……」

「それじゃ一体どこに入るっていうの？　篠田家の墓にでも入るっていうの？」

「いや、そういうわけでもないんだろうが……どうしたもんかと思っているんだよ」

生前、何かの折に美代子がそんな事を言った事があったのだろうが、それを真面目に受け止めて考え込む所は全く志郎らしい。

ところがその四十九日の納骨式になって、本当に美代子のお骨が石垣家の墓に入れない事情になっていたのには驚いた。大体墓の中などは、そう常々開けて見るものではない。四十九日法要の当日の朝か、あるいは前日だったのか、石屋が墓を開けてびっくり、中に水が溜っているというのである。父が亡くなった時この墓を開けてお骨を納め、以来二十年経過している。蓋の閉じ方が悪かったのか、コンクリートにひびでも入って水が浸み込んだのかそれは分からない。お骨の並んでいる棚には届いていないが大分水が溜っているということで、納骨室を全面的に造り直す事となった。そういうわけで四十九日の法要は墓所の前で行ったが納骨はしなかった。不可抗力とはいえ、美代子の兄弟に対して何とも無様なような気がした。

墓地から石屋へ引き返す道々、私は「先日のお話の続きなんですけれどね……」といって広子にぴったり寄り添った。

「何もかも、志郎だけが悪かったんでしょうか……」静かに考え込むような口調で問いかけた。私はどうしてもこの事も言ってみたかったのである。

「そりゃ美代子も気の強い子でしたからねえ……美代子の方にも……」

「志郎はあの通りどちらかといえば気が弱くて優しい人だと私は思うんですけれど……どうしてねえ……」

「まあ、美代子にもたしかに我儘な所はありましたよ……御存知のようにあの子は母親が早く亡くなってますでしょう……ですから父がもうそりゃあ可愛がってましてねえ……私もすぐ下の妹との間に挟まれて、ずい分困った事もあるんですよ……羊羹なんか同じように切っても美代子の方が大きいなんていって妹が怒るんですよね、苦労しましたよ……」

「まあ……そうだったんですか、じゃお姉様は時にはお母様代りで大変だったんですねえ……」初めて聞く苦労話に私が広子を見直すと、

「そうなんですよ……」広子も少しほぐれたのか、

「何しろあなた、美代子は志郎さんにべた惚れだったんですよ……」

「！」べた惚れなどとは何と古めかしく下世話な言葉か、だが私はうっと息をのんだ。美代子は齢六十を過ぎるまで夫にそのような気持を持ち続けていたとでもいうのか……私は眩暈を感じた。

広子は続ける。「まあ、志郎さんは……人がいいから女の人にでもすっかり欺されちゃうんですよ……」

「……」志郎が女に欺される？　ああ、そういう見方もあるのだ……美代子と広子との間ではそういう話し方がされていたのかも知れない。悪いのは女で志郎がその悪い女に惑わされているという図式を描いていたのか。成る程、自分の惚れている夫が、他の女に惚れるなどとは承服出来ない、飽くまで悪いのは当の女であると思いたい気持もあったのだろう。

墓の修理が出来たら納骨に立会うから知らせて欲しいと志郎に言っておいた。半月以上経って兄から連絡が入ったので出かけて行った。墓は白い玉砂利を新しく敷直し見違えるように綺麗になっていた。納骨室も前より大きくなって十五位はゆっくり並べられるという。中を検分した兄が、

「ああ立派になった……」と言いながら出てきて、

「お前も入ってみるか？」

「いいわよ」深くて如何にも降り難そうなそこをちらと覗いて私は断った。どうせ将来私の入る場所でもない。ここには小さい時に死んだ私の知らない兄、祖母、そして父の三つの骨壺が納められている。今新しく美代子のお骨が入る。確かに血縁の無い者ばかりの中に今入った美代子にとってそこは居心地はよくないだろう。そんな所に独りぽつんと置いておく事は少し可哀相な気もした。志郎と二人で納骨式のやり直しである。坊さんがお経をあげる。墓を改め、祖先の供養と共に美代子の納骨の儀を行う、というような事をお経の間に上手に唱えているのが聞きとれた。

この次にこの蓋を開けるのは誰だろう？　年齢順ならば高齢な母に違いないのだが。

墓。私も近いうちに買わねばならぬ。そして私は長男だけでなく次男も私と同じ墓に入って貰いたいと遺言している。せめて死んでからでもいいから、もう一度子供と並んで眠りたいと思うのは愚かか。しかし可笑しい。人は塵から生れて塵に還るといっても、こうして骨を壷の中に入れて永久に蔵っておくのではいつまで経っても塵土には還れないではないか……。

とにもかくにも納骨が済んだのでこれで志郎も少しは落着くだろう。

樹々は色褪せて趣きの無い季節はずれの閑散とした多摩墓地を、私たちはゆっくりと歩いた。

「お兄さん、聞きたいことあるんだけれど……聞いてもいい？」

「ああいいよ」

「でも聞くと、苦しむかなあ……」

「大丈夫だよ……何だい？」

「あのさ、どうして女の人の事、美代子さんに分っちゃったの？」

「それはね……俺が言ったんだよ……」さすがに少し言い難そうに、

「あまりいろいろうるさくてさ、どうしようもなかったから別れようかと思ってさ……」

言葉少なに言う。私は当然兄は女と別れようと思ったのだと解釈した。しかし変だ、女と別れるなら何も言う必要はない……ところがそうではなかった。兄は美代子と別れようと思って女の事を言ったというのだ！

何という事だ、私は愕然とした。馬鹿正直に女の事を言うのも残酷だし、美代子に別れよう等と言ったとは！　二重の衝撃だ。そんな非情な事が言える男とは思っていなかった。一体、別れようなどという言葉を口走るまでに、志郎は美代子に追い詰められてしまったとでもいうのか？　どこまで下手で要領の悪い志郎なのだろう。気が強くて意地っ張りの美代子に疑われ、悋気されて、柔弱な志郎が遂に絶えられなくなってしまったのであろうか。まるで窮鼠猫を噛むだ。

やっぱり二人の間には阿修羅のような時があったのだ。

「それで？」私は平静を装って聞いた。

「美代子は別れないと言うから、それじゃ仕方ないと思ったのさ……」

「ふーん……もしね、美代子さんが死ななかったらどうするつもりだったの？」

「女と別れたよ」

「……」いとも簡単に言うではないか、全く。肩入れしているのが馬鹿々しくなってくる。恐らく美代子はよもや志郎から別れよう等といわれるとは思ってもいなかったらう。驚愕して自分は絶対に志郎と別れないこと、逆にどうしても女と別れて欲しいと、この時は素直に切々と訴えたのかもしれない。そうなると兄も弱い、気を取り直して今度は女の方と別れようと試みたのかも知れない。しかし現実には女の方も別れないと頑強だった。女が母にまで電話をしたのは恐らくこの時だったのだろう。よくある話といえばそれまでの事だが結局は、妻と女との板挟みとなった三竦みの生活がしばらく続いていたのに違いない。それはどの位の期間だったのだろうか。

「やっぱり俺が間違っていたよ……彼女が音楽をやっているから……そこに惑わされたんだなあ……」

彼女はピアノを教えながらジャズ歌手として売り出し中らしい。昔から音楽が趣味以上だった志郎だから、その辺が共鳴のきっかけとなったのだろう。

「家庭における妻としては、やっぱり美代子はよかったよ……」

失ってみてその事が心に沁みていくらしいが、美代子はもう還ってはこない。

家にお骨がある間は、独りにしておくわけにはいかないと、志郎も神妙に自分の家での生活をベースにしていたようである。しかし女の方は黙ってはいなかった。その女は名前をみどりという。みどりにとっては、それこそ天の佑けか地の恵みなのか、志郎を争う戦いにとにかく勝ったのである。降って湧いたような時期到来。

「私は十三年間持ったのだから、一日も早く一緒になりたい」ともう堰を切ったように雪崩込んできた。十三年と聞いて私はぎょっとした。美代子にはまさかその長さまでは言っていないであろう事を、心から願わずにはいられなかった。

美代子が生きている時でさえ、切る事のできなきった関係である。三角形に引伸ばされたゴム紐の一角が外れれば、ゴムは二点を結ぶ一直線上にビシッと並んでしまうのが力学的な道理であろう。やかてずるずると志郎がみどりの家に通うのを私は肌で感じていた。亡くなったとはいえ美代子の一生を考えるときそれは許容し難かった。妹の美穂も母も同じ気持でいるに違いなかった。

しかしいずれは容認せざるを得ないかも知れない、先を見通す諦めの芽は心の片隅に否応なく根ざし始めていた。だが……今は嫌だ。志郎には今しばらく毅然として孤高を保ち喪に服して貰いたい。私は遠くを見まいとし後向きに低迷する事を選んでいた。

納骨してから志郎は足繁く墓へ通った。嘱託だった勤めの方もとうとう終りとなっていた。

あまりしげしげと姿を見せる志郎に墓地の花屋のおばさんが、

「旦那さん、よくお見えになりますねえ……奥さんですか？」

「ええ」

「そうですか……旦那さんのようによくお見えになる方はちょっと他にありませんねえ……」

「そうですか……いや、私は悪い事してね、女房を悲しませちゃったもんだから……」

志郎は独りで花を替え水をやり、線香をあげ墓に額いて、美代子に何と語りかけているのだろう。


ささやかな百カ日の法事が済んだ初冬の夜、私は広子と暗くなった大通りでK駅行のバスを待っていた。私達が出る時志郎は家に残っていた。バスはなかなか来なかった。時々ヘッドライトが暗い大通りの上をかすめて走り過ぎるのを、私達はただ黙って見つめていた。もう広子と話す事はあまり無かった。もともと昵懇だったわけではない。

晩年の美代子の気持も大体解ったし、美代子の性格についての広子の認識も解った。私は志郎と美代子の結婚生活のなりゆきは、お互いに痛み分けして恨みっこなしとしたいという祈りにも似た気持を持っていたが、それは虫がよすぎるのかも知れない。広子にしてみればやはり許し難い思いに心を頑なに閉しているようであった。この所何回か逢ったが、その表情は少しも柔がず、口をへの字に閉じ、三尺程先の宙に目を据えたまま固定されたような白粉気の無い老女の顔を見るのだ。その視線の先に何を見ているのか私にも分らないではなかった。

私達はそれぞれの思いに反り返って立っていた。そのような煩悩も、やがては時の流れに洗われて、いつの日か白日の輝きの中に熔けて消えてゆく事を私は秘かに願っていた。

Ｋ駅でもまた長い間待ち、やっと乗った電車は各駅に停車しながら新宿へ向っていた。ある駅をゆっくり走り出した時、ホームの後方から私達の乗っている車両の前を大股で歩いて行く志郎の姿を見た。そこはみどりの家のある所だった。不幸にも私達はホームの方を向いて坐っていたので志郎の姿をはっきりと捕える結果となった。志郎は何故かこちらを見て自然に会釈をした。しかし何というバツの悪さであろう。百カ日の法要を済ませたその日に、女の許へ帰って（？）行く志郎を二人の目がまざまざと見てしまったのである。志郎は後からＫ駅に着いて後の車両に乗り込んだのだ。あるいは独りであの家で位牌と語らって一夜を過ごすかもと果敢無い希望を持つ事も出来たのだが、こう現実の姿を見せつけられては……。何を語ることがあろう、私は完全に白らけきって、新宿まで広子とは一と言も語れなかった。志郎の馬鹿……。

借金の利息が嵩むであろうという親兄弟の心配をよそに志郎は一向に家を売ろうとはしなかった。一体どうする積りなのだろう。借金の主である邦彦は美代子が亡くなると間もなく仙台支店へ転勤となってしまった。ずっと東京の中心で働き、夜の六本木あたりを鳴らして歩いた邦彦にも、そろそろ年貢の納め時が来たのだ。副業の失敗、離婚、母親の死、転勤と重なって満身創痍なのだが、ここで弱味を見せては男の沽券に係ると思ってか長身を聳やかして平然としていた。が、内心はきっと参っているだろう、しかし転勤は身の為だ、これを契機に立ち直って貰いたいと私は願った。

一周忌も過ぎ十月の初旬になって、とうとう志郎が家を売った。債権者が急に競売にすると言い出したので志郎は慌てて不動産屋に頼み、ほとんど日を置かずにすぐ買い手がついた。しかしその直後に地価が急騰している。志郎はただ口惜しがっただけだが、私はあれはその筋の玄人にうまくしてやられたのだと思っている。それでもどうにか借金を返済し、数百万は残るという勘定だった。

家を畳む時は手伝うからと兄に言うと、いいよ一人でやるからと言う。一人息子は仙台で他には誰もいない。志郎は外見は若く見える。まだ〈女〉という話も可笑しくはない。しかし齢を考えるともう七十歳、あれだけの家の始末を一人ではちょっと可哀想だと思う。

「一人でやるのはいくらなんでも大変だから少しは手伝うわよ」

「そうかい、すまないな……」

十月二十日に明け渡しと決まり、私は前後三日間だけ手伝った。しかし志郎は本当に誰にも邪魔されずに全部一人っきりでやりたかったのかも知れない。そういう事を私は全く考えてみなかった。「こういう時は、第三者の方がぼんぼん捨てられるし、片付けるのには能率が上っていいのよ」と信じていた。だが十日以上あった日数をフルに使ってゆっくりと一つ一つ過去を噛みしめながら精算するのも悪くない。志郎はその方を望んでいたのかもしれない。もしそうだったらかえって余計な邪魔をしたものだ。何はともあれ美代子と共に生きてきた城である。傷つきながらも営々と歩んできた唯一無二の証しの場である。私はもしかして土足でそこに踏み込んだのではあるまいかと後日悔んだのである。

私が行った時には家の中の物は半分以上梱包されていた。中の品物を出してしまった箪笥とか食器戸棚は如何にも残骸というに相応わしい。何十個というダンボールが家のあちこちに高々と積みあげられていた。リビングには、鍋釜などの台所用品や、山のような古着や大小の箱や手提袋や、クリーニング屋から届いた衣類や、とりとめのない物々が散乱し、足の踏み場もなかった。

「家」が空中分解する……兄の家庭と歴史を表徴する一つ一つの品々に覚える感傷と、能率的にこれ等を処理しなくてはという現実とが私の胸の中で交錯した。

「大変ねえ……」

「身から出た錆さ、だから一人で片をつけようと思っていたんだ……」

家を一人息子の為に手離す結果になったのも、結局もとを糺せば、自分が息子の教育を誤ったのだし、すべては自分の生活行為の反映と、反省している言葉と受けとれた。

「私、何したらいい?……どんどんいってよ。いわれた通りにやりますから……」

「それじゃまず、本棚の本をダンボールに詰めてくれよ……アルバムとスクラップは俺がやるから本だけな……」

「わかった」

台所用品を整理している兄は、大小様々の鍋とかフライパンとか、擂り鉢、ざる、ボール、漉し器、はては梅干の瓶、三つも四つもある電気釜等、一つ一つ私に見せては、

「これどうしようかなあ?」と言う。

「そうねえ……」主婦が台所を守って行く上には一つ一つ無ければ不自由する物ばかりなのだが……。まだ十分使える物とはいえそんなにたくさん取っておいても、これから先一体誰が使いこなしていくのか。

志郎は家財を三つに分類していた。一つは仙台で広いマンションに一人住まいしている息子の所へ送ってしまう物である。もう一つは自分の居城が持てた場合あるいは自分が一人で生活する場合に必要な物で、これは一とまず倉庫へ預けるという。そしてやっぱり最後の一つは、みどりの所へ運ぶ物である。

「俺はどうしても自分の城は欲しいと思うんだ……」

「そうして欲しいわ、家を売って彼女の所へ転がり込むなんてやめてよね……男の沽券に係るわよ……」

と私は遠慮会釈なしに強烈な事を言い、兄も自分の城は持ちたいと恰好良い事を言っていたのに……結局は一とまず彼女の所に落着く積りのようだ。何故か暢気に構えていて次に移り住む所を真剣に探さなかったのではないか、急にバタバタと話が決り、当然のようにみどりの家に行くなど私には承服出来ない。それとも実は始めからその積りだったのだろうか? それならそうと男らしくどうせ彼女とは一緒になるのだから行くとはっきりして貰いたい。いずれにせよ兄には自分の家を探して貰いたいと思う。だが今はみどりの家に行くのだ。私は情ない思いで体中が疼いていた。

みどりはまだ四十歳だという。十三年も待ったのだからこの際一緒になりたいと言っているという話を聞いた時は、女の気持をそのままに聞いた。しかし考えてみるとこの先どんな事になるか分らない、金も力も無いこの初老の男と一緒になりたいという若い女の気持を、私はすんなりと受入れることはできなかった。確かにつき合い始めた時はまだ五十代だったのだろうが、今は既に七十歳である。

「第一、あんたその齢でそんな若いひと可愛がっていく自信あるの？」

「ないね」

「どうしてこんなおじいさんと一緒になりたいっていうのかしら？」

「とにかく、これから私が面倒見てあげるって言うんだよ……」

「へーえ……すごいわねえ、全然信じられないわ……」

「一人じゃ病気したって困るでしょうからお世話してあげますって言うんだ」

「ふーん……そんなのってあるのかなあ……全く解らないなあ……」

私が打算的すぎるのだろうか、もし二人が結婚して志郎が死ねば、志郎の年金の何割かは受取る資格がある？　そんな事までつい考えてしまう私に、

「そんな打算のある女じゃないんだよ……」と志郎が言った。

「ふーん……」

とにかくみどりの所へ行く以上は多くの台所用品等は不要に違いない。しかし、

「俺が一人で生活してゆかなきゃならない可能性だって有り得るからな」

「……」私は思わず兄の顔を見た。淡々とした口調の裏に微かに皮肉が漂っているようでもある。人が良くていつも馬鹿を見る志郎なのだが、女に去られる可能性もあるという事だけは計算に入れているのだろうか。

志郎は一つ一つの品物について、これはどうしようかと迷っている時間が長かった。陽が暮れたが家の中は最高に雑然としているようで、このまま帰る気にはなれず泊る事にした。これで永久に消え去ってしまう美代子の生活の名残りの中で一と晩寝てみたい気もしていた。お誂え向きに客用の羽根布団がまだ梱包されずに置いてありそれは不思議に寝心地が良かった。

翌日も同じような作業が続いた。美代子の化粧部屋の整理はまだ半分残っている。古新聞と交換したチリ紙が棚の上にぎっしり積んである。それは最大のダンボール箱に一杯にもなった。どうしてこれを使わなかったのだろう。つい便利な箱入りのティシュを買いあちこちに配して使っていたのであろう。交換したチリ紙は昔風の二ツ折りでビニール袋に入っているものと、子供向きのポケットティシュばかりで確かに恰好が悪い。しかし私だったらすぐ中身を出してどんどん使ってしまうであろう。それだけ私は貧乏暮らしで、美代子の晩年はおっとりと暮していた事は確かだ。よかったと私は思った。このチリ紙の大ダンボール箱は志郎がうっかり倉庫行としたから保管料付きの高価なチリ紙に変身した。

美代子の鏡台の引出しをちょっと覗くと、兄が婚約当時、美代子に贈った銀製のコンパクトが目に入った。大分色が黒ずんでいる。志郎が買ってきた時「どうだい、いいだろう」と家中の人に見せたその模様の輝きを思い出した。美代子はそれをすぐ見える所にずっと入れておいたのだ。

「鏡台はお兄さんがやった方がいいでしょ」

「ああ、そうする」

　この中の物は、ゴミとして捨てるわけにはゆかないような気がした。取っておいてどうするという事までは思い及ばず、しっかりした箱を選んで兄に渡す。それから志郎は鏡台の前に坐って引出しを一つ一つ片付け始めたようだったが、一向に作業が渉っている風でもなかった。志郎はこの家を一周忌が過ぎるまでは売りたくなかったと言った。いつかは片付けねばならない美代子の品々も早々と片付ける気にはなれなかったのだろう。できる事なら何時までもその儘にして置きたかったのかも知れない。

　私は庭に出た。捨てる物として縁先に抛り出したガラクタが山をなしている。それを燃えるものと不燃の物とに種分けする。結構手入れをしてある庭をつくづく眺めると芝生を囲んでたくさんの庭木が程よく茂っている。松、杉、檜、欅、木斛《もっこく》、木犀、梅、泰山木、木蓮、百日紅、姫林檎、棕櫚、南国風の観葉樹、周囲に百本もあるという躑躅、柊南天の植込み、石蕗、太藺《ふとい》、萩、薄、花はないが芍薬、牡丹、水仙、菫、等々数えあげたらきりがない。名前を知らない樹々もある。ああ、この草木の名前を書き留めておいて欲しいと思う。ある種の力さえ秘めて、体よくこっくりと育っている豊かな緑のこの小宇宙には、志郎が継続して培ってきた配慮がありありと窺えるのに……このまま二度と見る事が出来なくなるとは、私でさえ如何にも心残りだった。

志郎の庭がこんなに美しいのは何故だろう、家庭はこの庭ほどは美しくはなかったのか、この庭ほどには……。

家の中は次第にがらん洞になって行く……生活の基盤である家屋敷を齢七十になって失うとは何という情ない事だろう。一周忌まではと粘っていた間に、事態を冷静に受け止める覚悟が出来たという事なのだろうか、目前の作業に右往左往している、あまり感傷の見受けられない志郎の横顔を私はしばしば凝視した。

「これ、お前どうだい……使わないか」と兄が持ってきたのは立派なケースに入っている鬘である。主のない鬘が妙に生ま生ましい。「そうねえ……」こんな物を頭に乗せたら、それこそ美代子の怨霊に取りつかれそうで、新品同様とはいえとても貰う気にはなれない。

「私、やっぱり要らないわ」そして鬘も無惨に捨てられた。

私がかつて鬘を被っているのを兄がしげしげと見て「それ鬘か？　結構いいね、美代子も外出用にそんなの買えばいいんだな……」と言った事があったのを思い出した。洋服もよく見立てていたらしい。「これ、とても良かったんだが……」といっては幾つも見せる。私には大していいとも思えないのだが「良かった」という言葉の裏にそれを着ていた美代子への愛着が滲んでいた。真新しい日傘や雨傘が転がっている。こんな傘をさして美代子が歩く事は既になかったのだろう。

二日目は早目に仕事を切りあげた。みどりの家に行く車に途中まで一緒に乗る。

「俺、今死んだらどうしようかなあ……」と突然志郎が言う。邦彦や私達兄弟とは、一面識も無い女の許に身を寄せるとなれば、万一の場合の懸念は当然かも知れない。自分の骸が女の狭いアパートに置かれるのをひょっと連想すると、さすがに心穏かでないのだろう。美代子の通夜と葬儀は寺で行った為に数百万もかかった。自分が死ぬのだから金は残さなくてもいいとはいえ、他所を借りれば莫大な費用がかかる。死神に見舞われたばかりの志郎にとっては切実かも知れない。

「お前は教会なんだね」

「そう、私は死んだら全部教会でやって貰う……冠婚葬祭は教会が一番お金はかからないからその点は助かるわ」

「そうらしいね」

「お兄さんも教会へでも行ってみたら……」

葬式を安くする為に教会へ行ってみるというのはもちろん本末転倒である。だが瓢箪から駒という事もある。宗教に入るキッカケというのは何でも構いはしないのだ。

「教会へ行って少し聖書の話でも聞いてみるのも悪くはないと思うけど……」

「そうだね……もう俺もそう長い事はないよ、残った金を食い潰して死ぬんだ……」

「死ぬんだって言ったって、そう都合よく死ねるとは限らないわよ」

やっぱり落ち込んでいるのか？　あるいはみどりの所へ行くバツの悪さをカモフラージュしているのか。

志郎は仕方がないから女の所へ行くというような言い方をした。それは私の気に喰わぬ言い草だった。自分の意志で選んだというのなら納得もするが仕方ないという言い方はないだろう。どうも志郎らしくて歯痒いのだが、あまり追い詰めても可哀そうだ。

「お互いに共同生活をした方がメリットがあるしね」という。お互いの収入を出し合せて生活するのが合理的、経済的だという。

「邦彦は仙台に来ないか、一緒に住もうよと言うんだけれどね……」

「そう、すごくいいじゃあない、そうできれば一番いいと思うけどねえ……」

「仙台行ってどうするんだい……それに私はずっとウクレレ教室もやっているしね……」

この際、女と別れるというのも確かに一つの道だと私は思った。しかしも早、女を置いて行くわけにはゆかないのだろう。

次の日、母から、志郎の引越しの手伝いをしてくれて有難うと電話があった。そして予定していた翌年正月のT劇場の観劇は取り止めにすると言う。次男が出演する芝居で、広告が出るとすぐ何カ月も先の切符の入手をうるさい程にいってきていたものである。孫の出る芝居をあれ程楽しみにしていたのに「どうして?」と聞くと、「美代子は死んでしまうし、志郎は家を失くしてしまう。自分ばかりノホホンと芝居見物しても楽しくはない。それに寒い時だし齢だから止める事にします」と言うのだ。九十も過ぎてから長男の憂き目を見たのは相当にショックなのだ。

その後も志郎は毎日一人で片付けをしたらしい。三日後には仙台行の荷を出し、一週間後には倉庫行の荷を出し、いよいよ家を空にするその最後の日に、私はもう一度出掛けて行って家中の雑巾掛け等をし、台所も磨いた。一応、飛ぶ鳥後を濁さずである。志郎は後からこの家に入る人の為に、至れり尽くせりといろいろの注意事項を書き記して、あちこちに貼ってある。アンテナ、ヒーターの説明。生ゴミ不燃ゴミの集収日。医者、ガス屋、電気屋、水道等の連絡先、そば屋に至るまで日常生活に必要な電話番号が二十箇所位、克明に記されている。「よろしければお使い下さい」と書いた紙を貼ってある雑品もいろいろ、バール等の大工道具、園芸用具、脚立、果ては大きなローソク等々。

　私はしばし呆然とした。志郎という人は何という人だろう。落ちゆく身でここまで親切に後の人への配慮を怠らぬとは。

　流し台の向うに梅酒の瓶が三つ四つ並んでいる。持ち運びが大変でそのままになり、最後に残った。志郎はこれをどうしようかと困っている。

「おいしいよ、飲まないか」といわれても梅酒をそうガブガブ飲むわけにもいかない。

「一つはブランデーを使ってあるんだ……」

　梅酒は美代子と二人で作ったのだろうか、庭の見事な梅の木が毎年二百位は実が生るといっていた。去年は梅酒を作ったのだろうか？　それとも一昨年のだろうか？　透明な琥珀色の液体は沈黙している。

「実はね、困った事が一つあるんだよ」掃除が終って床に坐り込んだ志郎が深刻な顔をして言う。

「なあに？」私は思わず引ずり込まれた。

「位牌だよ」

「え？」

「仏壇はもう仙台へ送ったけれど、位牌まで荷物の中に入れっぱなしじゃまずいと思って残してあるんだ……」

「そうだったの……たしかに荷物と一緒に送っちゃうっていうのは、ちょっと粗末に扱いすぎるものね」

「そうだろ、だけど……どうしたらいいかと思っているんだよ……」

「困ったわね……位牌ばかりは私が預るっていうわけにもいかないしね……」

「そうだよな、私がすぐ仙台まで行けるなら持って行くんだけれど、ここしばらくは大事な取引があるから留守するわけにはいかないんだ……」

「そうだわね、それで今どこに置いてあるの？」

「ちゃんと奥の部屋に置いてあるよ」

志郎は立ってゆくと奥から紫の袱紗包みを持ってきた。

「それで……どうするつもり？」

「いろいろ考えたんだけどさ、俺、このショルダーバッグの中に入れて持って歩こうと思ってるんだよ……」

「ふーん……」

「他にいい方法もないしな……どうかね」

志郎は位牌を丁寧に包み直すと、壊れ物でも扱うような手つきでショルダーバッグの中にそれをしまった。

位牌は戒名を書いた、ただの道具と思えばそう思い悩む事はないかも知れない。しかし志郎も私もただの道具とは思えない。そこに美代子の霊が籠っているように感じてしまう。否、むしろ美代子そのもののような気さえするのだ。

「そんな所へ入れられて……あーあ、それで彼女の家に行くの？　なんとまあ……美代子さんが狭苦しいって暴れ出すわよ……」

まさしくそんな気がしたが、私にも名案は浮ばなかった。ショルダーの中に入れておけばいつでも持って歩けるし心配がない。よくよく考えた揚句の果てか、いやはや笑うに笑えない事態である。

「用事が済んだらなるべく早く仙台へ持って行くよ……」

「そうねえ……」

位牌を置きに行く……そう簡単に置いてこれるのだろうか？　さりとていつまでもショルダーの中に入れて女の家に留めておくわけにもいかないだろう。

「ところでさ、今日みどりがここに来る事になっているんだよ、お前逢ってくれないか……」

突然志郎が言い出した。

「え？」

「私にもし何かあった場合、誰も知らないじゃ具合が悪いだろ……お前に窓口になって貰いたいんだよ……」

「……」

正直にいってその女に私は少しも逢いたいとは思っていなかった。特にこの家を最終的に大掃除した今日、唐突に彼女に逢ってくれとは日も悪い。逢ってどう挨拶するのか。私は兄と彼女との関係を快く認めているわけではない。一体どういう関係と認識すべきなのか。愛人、同棲の相手、面倒を見てくれる人、結婚する相手、そのどれであろうと私たちに取って非公認の関係なのだ。竹を割ったように左右をはっきりさせようとする私は、このような曖昧なずるずるとした関係は好まない。しかし志郎が逢って欲しいと頼んでいるのを無下に断る事もできなかった。

嫌々ながら待っていると、長身の志郎には不釣合いな程小柄で、たしかに世代の違いを感じさせる若い女が現れた。馳け出しとはいえ人前で歌う職業、目鼻立ちは大きく派手な顔立ちで「みどりです」と屈託なく会釈した。「初めまして、妹の弥生です」と私は年甲斐もなく固い冷やかな挨拶を返した。

最後に残った身の廻りの物を積んでみどりの家に行く車に三人は乗った。彼等二人の馴れ馴れしいやりとりを私はぼんやり聞いていた。

鎌倉の母が心配をして何度も電話がかかってくるという事が話題となった。

「お母様から、朝昼夜と何度も何度も電話がかかってくるんですよ。鎌倉にいらしていくら心配なさってもどうしようもないのに……こっちももういい齢なんですし……大丈夫ですからもうご心配なさらないで下さいって申上げるんですけど……私、お母様のこと本当に大好きなんですけれど……あんまり何回もかけて下すってもねえ……もう何とも言いようがなくて困っちゃうんですよねえ……でもやっぱり母親っていうのは幾つになっても子供の事は心配なんでしょうねえ……」

恐ろしく冗舌な女だ、と私は思った。胸の底でむらむらっとするものがあった。

「そりゃ母親というものは、やっぱり心配をするものですよ」私は言った。明らかにムッとした調子が籠っていて、車内はしんとなった。

親子の情愛というものは余人の介入を許す余地の無いものだ。子供を持った事のない人に親の気持が分ってたまるか、そもそもそっちの存在が母の気持を傷つけた事が無かったとでも思っているのか。お母様が大好きです――なんて言って貰いたくない。私の心の中ではそんな思いが沸々としていたが、私の思惟を越えた所に志郎とみどりの領域があった。途中駅で私は降りた。

「ではまた、お目にかかりましょう」それがせい一ぱいの挨拶だった。

車は音もなく郊外の暗い帳の中へ吸い込まれて行く。彼等の行く先とは果して如何なる場所なのか。そこに美代子の位牌も一緒に附いて行く。

だんだん小さくなるテールランプを私はいつまでも見送っていた。

あとがき

僕は走った。師走の宵の道を。家の横丁から大通りへ、大通りを右に行けば国電の駅だが、僕は迷わず左の環七の方へだらだら坂を走り下った。兄貴が電車に乗ってどこかへ行くとは思えなかった。どうせ金なぞそう持っている筈はない。歩いてどこかへ行ったのだ。歩道には街灯がともり、大通りを次から次へとヘッドライトが押し寄せては通り過ぎて行く。それに逆らうように僕はひたすら走りに走った。

「出て行くぞ。もう二度とこんなうち帰って来ねぇからな」そう言う兄貴のくぐもった声が聞こえた。何事かと立って行った時にはもう兄貴の姿は無かった。洗濯機を回していたおふくろにも何が起ったのか分からないようだったが、とにかく息子が出て行ったのだ。

僕のうちには癇癪持ちの親父がいて始終僕やおふくろは、蹴られたりぶん殴られたりしていたので、ちょっとやそっとの出来事では驚かないおふくろが真っ青になった顔を引きつらせている。引き止める暇もなかったのだろう。なんだか小刻みに震えているようだ。

「よし、僕が行ってくる」縋るようなおふくろに言い残して、ジャンパーをひっかけて飛び出して来た。

行き交う人にぶつかりそうになりながら走ったが兄貴の姿は見付からない、前方にもそれらしい人影はない。息せききって駆けてきたので喉が痛くなってきた。環七に出た。道は三叉路、右のほうには馴染みがない、左の方が土地勘がある。どっちに行こうか僕は迷った。しかしそうこうしているうちに兄貴はどんどん遠くへ行ってしまうのだ。ええい左だ。また走る。今度はばったり人通りが途絶えて見通しが良くなった。僕は立ち止まって遥か前方へ目を凝らした。

いない、兄貴らしい人影はない。だがとにかく僕は駆けた。そのうちに歩いている兄貴が見えるかもしれない。しかしいくら駆けてもそれらしいものは見えてこない。果たして兄貴はこの道をいったのだろうか。もしかして反対の方へ行ったのだろうか。いやそんな筈はない。あっちへ行けば賑やかな街の方だ。なぜかそんな方へは行かないと思ったのだが……。

それとももうどこかで曲がっちゃったんだろうか。この縦横無尽に伸びて行く道の一体どこを追っかければいいというのだ？　一体兄貴はどこへいっちまったんだろう。このまま駆けつづけていたって兄貴が見付かる筈はないんじゃないか。どっちへいったのか分からないんだから追いかけようがない。僕が兄貴に追い付いて連れ戻せるとそうはっきり考えて飛び出したわけではなかった。とにかく追いかけるということしかなかった。しかしもう追いかけようがないのではないか。僕はいつしか駆けるのを止めてのろのろと歩いていた。どこまでこうしてのろのろ歩いていたってしようがない、もう家に帰る他しようがない。

がっくりするだろうおふくろの顔を思い浮かべなから僕は仕方なく回れ右をした。

一体また何を親父と言い争ったのだろう。そんなに長い間言い争っていた気配は無かった。ほんの一瞬の出来事だったと思う。中三の兄貴に対してはこの頃親父はあまり暴力を振るわない。力ではもう適わなくなって、投げ飛ばすなどということができないからだ。だいたい小さい時からやられるのはいつも僕ばかりだったような気がする。今では兄貴には説教ということになるらしい。親父の説教は難しくてよくわからない事が多い。口答えをしているうちに親父がもしかしたら殴ったのかもしれない。台所に立っていたようだから、ひょっとすると上半身取っ組み合ったのではないか。ただ言い争っただけで出て行くというほどのことがあるとは思えない。しようがねぇなあ、兄貴の奴いったいどこにいっちまったんだろう。

もうすぐ正月だというのに……

「駄目だ、どっちにいったんだか全然分らない……」おふくろの顔を見ないようにして言った。

「そうだろうねぇ……寒いところ御苦労さんだったね。どうもありがとう」

覚悟していたのかおふくろは意外に冷静に僕をねぎらった。どっちへ行ったのかどこまで行ったのか、何も聞かなかった。

僕は勉強部屋に篭った。勉強の嫌いな僕たち兄弟は、ここに机を並べてはいるもののそうそう一緒に勉強した事はない。だがこうしてここに腰掛けていると兄貴も隣りにいるような気がする。そういえば兄貴がちょくちょく「家を出て行きたい」と言っていたのを今更のように思い出した。だがそれは僕と兄貴だけの会話だったし、両親には知られてはいない筈だった。それは多分に冗談めいたものだったし、事実、兄貴は「おい、僕は出て行くからな」と言って出掛けてはすまして帰って来るという事がよくあったのだ。

兄貴が言うにはもっと広い世界に飛び出したいというのだ。

「横浜の港から貨物船に乗り込むんだ。そうすりゃあ後は何とかなる。皿洗いでも掃除でも何でもして働けば食わしてぐらい貰えるだろう。船に乗っていりゃお前、世界中に行けるんだ」

そんなもんかなあ、兄貴はずい分途方もない事を考えているんだなあ……。僕は驚いたり感心したりしたものだが何回も聞かされているうちに、また兄貴の口癖が始まったと思って聞き流すようになっていた。

しかし仮にも出て行くなんていう事を口にする兄貴はずい分勇敢だと思わないでもなかった。僕には全然そんな事は考えられないからだ。僕にとっては食べたり寝たり風呂に入ったりするのはこの家以外には考えられない。出て行けと言われたって出ていったら僕は生きて行くことはできないと思っている。兄貴だって本気で出て行ったりはしないだろうと思っていた。

だが今日、それは僕の全然知らない所で起こった。親父に向かって、出て行くと言って出て行ったのだ。狭い我が家の中で、どこにいようも無く、肥った図体を縮め、不貞腐れたように黙りこくっている親父。血の気を失ったおふくろ。今日の様子はいつもとは違う。

兄貴は本気で出て行ったのだろうか。

僕は天井を仰いだ。この部屋は親父がまだ会社勤めをしていた頃、日曜大工で建て増しした所だから、粗末な山小屋のようで、内張なんかしてない。雨こそ漏らないが何本も並んでいる五・六センチ角の梁と、それに渡した板もみんな丸見えだ。こうして見るとずい分と色が濃くなってあか茶色になっている。

僕やおふくろをぶん殴る親父と、この勉強部屋を作りあげた親父とは僕の頭の中でどうもうまく重なり合わない。窓なんかすごく手がこんでいる。細長の開き窓は枠どりして三枚づつガラスがはめ込んである。この窓にはおふくろが喚声をあげたものだ。

不思議とおふくろは親父の癇癪を罵ることがない。親父が癇癪を起こして暴力を振るってもおふくろはただ縮こまって嵐の過ぎ去るのを待っているだけだ。あまりおふくろが可哀相で実は親父を殺してやりたいと思った事だって一度や二度ではないのだ。だけどおふくろはそんな親父を「病気だから我慢してね」と言う。

そういえばもうずーっと前まだ僕が幼稚園にも行ってない頃、親父が入院していて僕と兄貴をつれておふくろが見舞いに度々いったらしいが、よく覚えてはいない。僕が小学校にあがった頃からおふくろが働き始めた。しばらくの間、そう三・四年の間僕たちは鍵っ子だった。そのうちに親父が会社をやめて家にいるようになった。親父が家の中の事をやりおふくろが家に帰って来るのはだんだん遅くなった。時々もう、わが家はぶっ壊れるんじゃないかと思った事もあったけれど、親父が作る弁当を持って兄貴は中学へ通い、どうにか月日が過ぎて僕も来年から中学へいくんだ。

それなのに兄貴が家を出て行った。今夜とうとうわが家はぶっ壊れたのだろうか。思わず涙が溜って溢れすーっと生暖かいのが頬を伝った。

何があったんだ。そういえば最近の兄貴がどんな事を考えていたのか、何か特に不満があったのか僕にはよく分かっていなかったような気がしてきた。三つ違いの僕たちはそれぞれの友達と遊ぶほうが多くて、仲はよかったがいつも一緒に遊んでいたわけではない。喧嘩した事がほとんど無いのは、二人とも親父から身を守らなければならなかったからかもしれないし、おふくろが働いていて昼間はいないから尚の事お互いに確かめ合うような具合になっていて、喧嘩するどころではなかった。

だが来年は兄貴が高校へ、僕が中学へと二人が大きくなって少し距離が出来ていたのだろうか。兄貴の奴僕に一言の挨拶もなく出ていってしまった。本当に出ていったのだろうか、もしそうだとすれば。僕は兄貴に見捨てられたようなちょっと寂しい気持ちになった。


あれからもう二時間ぐらいたっている。その間うちの中には話し声がなかった。台所でおふくろが何やら立ち動いている物音が、がちゃがちゃごとごと何時もより荒っぽく聞こえていた。それはなんだかおふくろの親父に向かった抗議のように僕には聞こえていた。

一体親父もおふくろも何考えているんだ、子供が出ていったというのに、騒ぎもせずに。

おふくろは片付けをすますと、黙っていつものように布団を敷き始めた。八畳の居間に親父と兄貴の布団を敷いた。隣の六畳に僕のベッドがありその横におふくろの布団を敷く。

「玄関の戸に鍵をかけないこと、電気はつけておく。消さないで！」

それまで黙っていたおふくろの命令するような厳しい口調が家の中にひびいた。

その一言は、ぴんと張り詰めていたようなうち中の空気をほっとさせ、少し何かが動く気配がした。

そうだ。もし幸いに兄貴が帰って来た時の事を考えると、鍵が閉まっていたり、真っ暗だったりしたら、それこそまたどこかに行ってしまいかねない。鍵を締めないで電気をつけて兄貴が帰る事を祈って待つのだ。「兄貴、帰って来いよな……」

それからおふくろは六畳間の自分の箪笥に背を持たせて座ると大きく息をして目をつむった。

僕はベッドに腰掛けておふくろが何か言うかと待っていたがいつまで待っても何も言わない。横から見ていると、黙って目をつむっているのがちょうど何かに祈っているように見える。おふくろはもう大分前から教会へいっている。兄貴が帰って来るように神様に祈っているのだろうか、それとも……本当に出ていってしまったとしたら……その時は神様どうぞお守り下さいと祈っているのだろうか。そんな事祈ったって無理というものだ。いくら兄貴だってまだ中三じゃないか、駄目だ。駄目だ。

「しげる、もう寝なさい。寝て待っている方がいいよ」

「うん」

おふくろの言葉に思わず素直にうなづいた。

学校から帰ると庭の方に回る。ぬれ縁があってガラス戸が閉まっている。左側の二枚は内から鍵がかかっている、右側の二枚の重なる所に太い釘が差し込んであるのを抜くと戸が開くようになっていて、たいていここから出入りする。

まだ小学一年生ぐらいの時のことだ。あの日はたしか天気は悪く時々小雨が降っていた。梅雨どきではなかったろうか。兄貴はまだ帰ってこない。誰かのうちへ遊びに行こうかなあと空模様を見ていると、いい具合に隣のてっちゃんが「ざりがにをとりに行こう」と誘いに来た。二人で弁天池にいった。もう何人かの子供達がてんでに掬い網や小さいバケツなどをもって、池の回りをあっちへいったりこっちへきたりしている。僕は何も持たずに来た。てっちゃんは気の優しい子で「これ使っていいよ」といって自分の網を貸してくれる。その網を時々借りて濁った水の中を掻き回してみるけどざりがには出てこない。

「おーい。こっちの方にたくさんいるぞー」誰かがどなっている。見るとすこしでかい子供が向こうの方で手を振っている。「よし、あっちだ、あっちに行って見よう」二人で駆けていく。そこは泥沼のようになっていて、見ているとなるほどざりがにが這い出て来て水の中へ入って行く。「あ、いるいる」と僕はあわてて素手でそれを追いかけた。と、たちまち僕はぼちゃんと水の中に落ちてしまいずずずっと体が沈んでいく。びっくりするやら恐ろしいやらで一瞬声も出なかった。

胸のあたりまで沈んでどうにもならなくなった僕を引っ張り上げてくれたのは、先刻「こっちの方にたくさんいるぞ」とどなっていたあのでかい奴だった。そうだ、考えてみりゃあいつが僕をどつぼに嵌めたんだ。

びしょ濡れになった僕はとにかく家へ向かって急いだ。ざりがにとりに誘ったてっちゃんもおろおろしながら付いて来る。

「いいよ、一人で帰るから」この不様な姿にずーっと付いてこられるのはかえって嫌だ。実のところ家までは少々遠くて二十分ぐらいかかるので、この格好でとぼとぼと一人で歩いて帰るのは心許無い気がしていた。僕は内心弱り果てていた。第一びしょぬれで気持が悪いし、だんだん寒くなってきた。僕はいくらか金をもっていた。おふくろが置いておく小遣いのあまりだ。そこでタクシーに乗ることを考えた。見よう見真似で手を上げてみたが、タクシーは全然止まってくれなかった。どうにかこうにか家に帰りついた僕は、とにかく着ているものを全部脱ぐと、その辺にあったタオルで体を拭いた。箪笥の中から下着だの上着だのを全部とり揃えるのは、面倒だし自信もないし第一寒くて風邪を引きそうだ。僕は押入れをあけて布団の間に潜り込んだ。我ながらこれは名案だった。僕は何時の間にかぐっすり寝込んでしまった。

「おい、しげる、どうしたんだ！」という兄貴の声で僕は目が覚めた。一瞬何が何だか分からなかったが心配そうに駆き込んでいる兄貴の顔を間近に見た途端、一切を思い出した。と、張り詰めていたものが急に緩んで僕は、半分べそをかきながら事のあらましを兄貴に話した。

「そうか。よし、いま風呂を沸かしてやるからな、待っていろ」

兄貴が風呂に水を入れたりガスをつけたりする物音を僕は押し入れの中でほんわかと嬉しい気持で聞いていた。やっぱり兄貴だな、風呂を沸かしてくれるなんて。

あんなに風呂が有り難く気持が良かったという記憶は先にも後にもありやしない。

風呂からあがると着る物が出してあって、僕が着るのを手伝ってくれたんだよなあ。


それから……丹沢あたりの山道で迷った時の事さ……。

明るいうちに山を降りる筈だった。秋の日は暮れるのが早いというがもう薄暗くなってきたのに僕たちはまだ尾根のような所を歩いていたんだよね。僕たちは黙りこくって歩いていた。僕はただ兄貴の後ろにくっついて歩くだけだったが少し心配になってきた。「おい、あにきぃ……暗くなってきたけど下まではまだなかなかかい？」

とうとう僕はきりだした。

「うん……そうだなあ……もう少しありそうだ」

「そうか」また黙って歩く。ますます辺りは暗くなってきた。時々風が木立ちを吹きぬけるのか、ざわざわという音がする。他には誰もいなくて二人の足音だけが響いていた。兄貴は時々立ち止まってはじっと耳をすましたり木立ちの間から下の方を透かして見ているようだった。そしてまた元気良く歩き出す。何回かそんな事を繰り返しては歩いているうちにもう真っ暗になってしまった。真っ暗なんだけど不思議に木立ちの間に見える空は青かったし、山道も見えていた、あれがひょっとすると月明かりというやつだったのかなあ。

僕はまた声をかける。「大丈夫か？」「大丈夫だよ」と兄貴が答える。しばらくするとまた僕が言う。「道これでいいのか？」「大丈夫だ、心配するな、僕の後について来い」と兄貴が言う。そんなことを繰り返しながら僕はひたすら兄貴の後ろ姿を見ながら歩くだけだった。しまいにはもう何も考えずに兄貴の背中に吸い寄せられるように歩いていた。

覚えているかい。

そして道は急にだらだらと下り始めるとあっという間に、街道に出たんだったね。いやぁあの時ほど兄貴を頼もしく思った事はないよ。おかげで僕はあまり怖い思いをしないで済んだんだと思うよ。今思うとあの時の兄貴の後姿には不思議な力があったんだなあ。


それからそう……あれだ……

事の始まりはスケート場だ。スケート場なんかに行くという事は学校ではいけない事になっていた。だけど僕は時々友達と、ひと駅電車に乗ってローラースケート場へ出掛けて行ったりした。それはまたちょっとスリルがあって面白い遊びだった。その日、僕たちが滑っていると「どけどけっ……ここはお前らの来るところじゃねぇっ……」という声が聞こえた。と思うと僕は誰かに激しく当てられてすっ飛び、ひどい転び方をして体中をぶつけた。よく脳震盪を起こさなかったと思う。

「おい大丈夫か……あいつだ、ゴロタンだ」

「ゴロタンか……畜生……あいててててて……ひでえことをしやがるなあ……あいてて」

ゴロタンは勢いよくもうはるか向うの方へ滑っていってしまった。人を転がしておいて……くそっ、わかっているのか……ゴロタンの奴……。

僕はやっとの思いでリンクからあがってベンチに腰かけ体中をさすった。

ゴロタンというのは、クラスは違うが同じ学年で皆が一目おいている悪餓鬼だった。本名は丹波五郎というちょっといかめしい名前だが、誰も「丹波」とか「五郎」とかは呼ばず、皆がゴロタンと呼んでいた。その呼び方は決して軽蔑したものではなく、むしろその逆のような感じがあった。別に弱い者いじめをするわけではないし、態度がでかく、ちょっと大人びていて誰もがゴロタンには逆らわない方がいいと思っているところがあった。

あいつじゃしようがねぇなあ……と僕は思った。

あちこち痛む体を引き摺って家に帰ったが、その晩は体中が痛むし、ぶつけた顔は腫れ上がり、目も開けられないような始末となった。僕はタオルで顔を冷したりした。おふくろはびっくりして翌日会社を休んで、僕を病院へ連れていった。幸い体の方は大した異常がなかった。

二三日した放課後、どうした風の吹き回しかゴロタンが笑いながら近寄って来て、

「この間は、悪かったな、ごめんよ」というのだ。僕は狐につままれたような気持でぽかんとしていた。

「医者へ行ったんだってな……おふくろさんが会社休んだんだって……すまなかったな」

「え……どうしてそれを……」ゴロタンは笑っている。

「お前の兄貴が来たのさ……いいか、たしかに僕は謝ったぞ、兄貴にそういっといてくれよ

な」

「う……うん」

「今度遊びにこいよ、兄貴とな」そういうともうゴロタンは疾風のように駆け去っていた。

兄貴はいつの間にゴロタンの家にいったんだろう。この間の話を兄貴はただ黙って聞いていただけだと思ったのだが、実はそうではなかった。

兄貴はゴロタンの家など知らない筈なのに、誰かに聞いたのだろうか。それにしてもずい分早い事をやったもんだ。

兄貴はゴロタンの家に一体何をしに行ったんだろう。行って何を言ってきたんだろう。僕はしばらくぼんやりとゴロタンが走って行った方を見ていた。

その日、家で兄貴に言った。

「今日ゴロタンが謝りにきた……」

「そうか……」

「兄貴、ゴロタンのうちにいったの？」

「うん、あいつに謝って貰おうと思ったのさ」

「……」

「あいつは、わざとぶつかったんだろ。おかげでお前はずい分痛い思いをしたし、お袋だって滅多に休んだ事のない会社を休んで病院へ行き、お金だってかかったんだ。奴は謝るべきだよ。そういうことははっきりさせた方があいつのためにもいいのさ」

「うん……」

「骨も折れなかったからいいようなものの、もし骨でも折れていたらお前大変な事だぞ……そういう危ない事はやっちゃいけないってよく言ってやったのさ」

「ふーん……よくやったね兄貴」

僕はあの時ほんとに兄貴を見直したよ……僕が受けた災難を兄貴がそこまで考えていてくれていたとは。

だがそれで終わったんじゃなかった。それから間もないある日のことだ。

「おい、お前、ゴロタンのうちに行ってみないか」と兄貴が言った。

「え、ゴロタンのうち？　何しに？……」

「あいつ遊びに来いって言ったんだろ」

「うん、そうは言ったけど……」

今更なんで兄貴はゴロタンのうちなんかに行こうというのだろう。この間の事はもうすんだし、何時も遊んだ事のないゴロタンのうちに行くなんてかったるいなと僕は思った。

「お前も一度行っとけよ」という兄貴に連れられて僕は渋々ついて行った。

どこをどう歩いたのかよく分からないのだが、小さい工場などのあるごみごみした所を通って行った。

「ここだ」と兄貴が言ったが、そこには僕たちが住んでいるような家はなかった。そこはちょうど倉庫のようなといえば、格好がいいが、大きな材木置き場とでもいいたいような場所だった。その一つ屋根の下のまん中は道で、その両側にずらりと部屋のようなものが並んでいた。道は黒っぽい地面で凸凹に踏み固められている。「この中だよ」と兄貴が言った。

「へーえ」僕はたまげた。

一体これは何なんだ。

戦争があって日本が負けた事は聞いている。東京が爆弾でやられて一面の焼け野原になった事や、多くの人がトタン屋根の戦災小屋に住んでいたらしい事も聞いている。だけどそれはもうずい分前の話だ。戦争が終わってからもう十五年以上経っている。まだこんなところがあったのだろうか。

てんでに古い建具やトタンや古材木を寄せ集めて、戸にしたり、形の違うガラスを嵌め込んで窓らしいのがあったり、そこここにりんご箱みたいな箱がつんであったり、部屋の中が丸見えの所もある。要するにその部屋みたいなのが一軒一軒の家であって、つまり長屋になっているわけなのだった。どの部屋も半分は開けっ放しのように見え、乱雑で汚い衣類や道具がのぞいていた。

赤ん坊を背負ったおばさんが、道にコンロを出して黒く煤けた鍋をかけ、しゃがみこんで破れ団扇でばたばた扇いでいるかと思うと、その先ではまるで屑屋の店開きみたいに、真っ茶色の顔に白髪頭のお爺さんが古新聞やボロや空き瓶を並べている。どこかでは大きな声で何やらわめき散らしている。

僕はすっかり度肝を抜かれてしまって棒立ちになっていた。兄貴はどんどん進んで行く。ゴロタンのうちはその中ほどにあった。「こいよ」と兄貴が手招きしているので仕方なくそっちの方へ歩いて行った。

「タ、ン、バ、クン……」兄貴が呼んだ。

分厚いのれんのような布を払ってゴロタンが出て来た。

「あ、良く来たな」ゴロタンは嬉しそうに顔中を綻ばせた。そんなゴロタンの顔を僕はまだ一度も見たことがなかった。実は僕は少し当惑し固くなっていた。こんな凄い所に住んでいるゴロタンがどんな顔をして出てくるのか、何だか自分が悪い事でもしているような妙な気詰まりを感じていたのだ。

だがゴロタンは少しも悪びれる風がなく堂々としていた。そして本当に嬉しそうだった。僕の中で何かが変わった。

ゴロタンは自分で作ったのだと言って、四輪がついている箱車を見せてくれた。ちょうど一人が入れる位の浅い箱の下に乳母車の車輪を取り付けたような格好でそれにハンドルの役目をするロープがついている。それはまるで手綱のようだ。そして背もたれも付いている。ゴロタンはそれに乗って手綱を引いて見せた。たしかに下の車輪が少しばかり動いた。「これは坂道で乗るんだよ、乗ってみるかい？」

それからゴロタンは僕たちを人通りの少ない緩やかな坂道につれて行き、僕と兄貴とをかわりばんこにその箱車に乗せてくれた。ゴロタンは車と一緒に走って車がひっくり返らないように何かと世話を焼いてくれた。自分は何時でも乗れるからいいんだよと言って、僕たちだけを乗せてくれた。初めはちょっとおっかなかったが慣れてくると結構壮快だった。

初めて乗った箱車に気持良く疲れて、帰り道僕たちはしばらく黙って歩いていた。

僕は自分がすっかりゴロタンに圧倒されているのが分ったのだが、その事をうまく言い表せなかった。

「面白かったか？」と兄貴が言った。

「うん」と僕は答えた。

「それじゃあ行ってよかったな」

「うん」

しばらくして僕は言った。

「ね、ゴロタンって凄い奴だね」

「お前もそう思うか？」

「うん」

僕がもしあんな家に住んでいたとしたら、僕は恥ずかしくてとても人など呼んだりすることは出来やしない。僕は見栄っ張りだ。虚栄心が強いんだ。あいつはあの家のことなんか何とも思っちゃいないんだ。

貧しいあの住まいから出てきても少しも卑屈でなく堂々としているし、あんな遊び道具まで作っちゃっている。

先刻僕たちが行った時の、あの少しも悪びれた風のない態度はどうだろう。あいつには虚栄心なんていうものが無い。ああ、とても真似できるものではない。やつは偉い。

僕はそんな事を思いながら歩いていた。ゴロタンが大きく自分は小さく少し情けないような気持ちがしていた。僕は分ったよ。何故兄貴が僕をゴロタンのうちに連れて行ってくれたのか。

そんなに兄貴らしい兄貴なのに、今日はどうしたっていうんだい。嘘だろう？　悪い冗談だよね。きっと帰ってきてくれるよね。

しっとりと夜霧がたちこめていてどこまでもぼうっと霞んでいる。所々、まあるく薄ぼんやりと明るいのはそこに電柱でも立っているのだろう。その一面の夜霧の中を僕は彷徨っている。兄貴、どこにいるんだい。霧の中を何時まで歩いているんだい……早く帰ってこいよ、おふくろも待っているぞ、おふくろにあまり心配かけるなよ、な……

おやっ、あれは兄貴じゃないのか……ずっと向こうの方へどんどん歩いていく、あれは確かに兄貴だ。その後姿がだんだん小さくなっていく。

「おーい、あーにーきー」呼ぼうとしてもどうしても声が出ない。僕は夢中で駆けていくんだが追い付かない。

「あーにーきー」

ああー夜霧の中に吸い込まれるように兄貴の姿が見えなくなってしまったじゃないか……

「あきらぁーあきらぁー」ぼくは兄貴の名前をよびながら滅茶苦茶に走り回った。

するとどこからともなく兄貴の姿が現れた。こっちに向かって歩いて来る……だんだん姿が大きくなってくる。ああ兄貴帰って来てくれるんだ……嬉しいな、顔が見えるようになったぞ、笑っている、笑っているよ……

あれーっ、また濃い霧だ、見えなくなっちゃったじゃないか……ぐすんぐすん泣きながら僕はなおも夜霧の中を彷徨っていた。

どの位経ったのだろうか。夢か現か、がたがたっと戸を開ける音が聞こえたような気がした。そしてずかずかっと人が上がってきた。

「俺だー、今帰ったぞー」と確かに兄貴の声を聞いた。僕はそのまま深い眠りの中へ吸い込まれて行った。

ダブルベッド

これは、うまい話になりそうだ。受話器を置きながら自分の頬がいつになく大きくにやりと綻んでいるのを篤子は意識した。いささか卑しい笑みだったろうか？　いやいやそんな事はないと思う。永い間自分達夫婦に欠落していた部分が、ひょっとしてこれで補填できるかもしれないのだ……。今では自分なりに実現可能と考える最良の夫婦像の完成を篤子はゆっくりと追求しているのだが、どうしても改善の目途が立たない部分があるのだ。そこを何とかせねばならないと心の底で独り模索を続けているのだが、それを一挙に解決する絶好の機会が到来するかも知れないのだ。これをほくそ笑まずにいられようか。

最良の夫婦像については特に夫の善太と合意に達しているわけではなかったが、篤子にとっての最良の夫婦像は善太にとっても最良に違いないと、彼女は漠然と信じている。

少くともこれはその夫婦像の完成に一役買える話である。卑しいという事はあるまい。思いを巡らす篤子の目の前に七色の雲がふうわりと湧き上がり拡がっていった。

「お父さん――和也が、やっとベッドを買い替えたんですって、それで今まで使っていたダブルベッド、うちで使いますかって聞いてきましたけど、使うわよねえ？　うちに貰うでしょう？」

二階の書斎にいる善太に向けた篤子の声は必要以上に力の籠った大声となった。「ああ、使いますよ！　貰いましょう」善太からも大声の返事が返ってきた。

あのダブルベッドは、次男の和也が家を出て独り暮らしを始めた時買ったものだ。ベッドだけはいいものをと、当時としては破格の大枚をはたいてE社から買い求めた。上等のスプリングがびっしりと並んでいて、もう十数年が経つが使い心地は購入当時と少しも変わらない。和也は二カ月程前に結婚式を挙げたのだが、ベッドの買い替えが遅れていた。

あれは非常に良いベッドなのだが、今はもう三十歳をとうに越えてしまった和也が、十数年間の独身生活中使い古したものである。どんな歴史が秘められているかは、母親の篤子でさえ想像したくなかった。ましてや花嫁にとっては、とにもかくにもベッドだけは新調したいと思うのは至極当然の事で、早く良いベッドを買うよう篤子も願っていた。仕事が忙しかった和也はE社に連絡が取れず、とうとういい加減なベッドを買ってしまったらしい。とにかく、善太と篤子の許にあの素晴らしいダブルベッドが近々到着する事になったのだ。

篤子夫婦は、もう長い長い間、寝室を別々にしている。

篤子は二十三歳で善太と見合い結婚した。六年目には善太が体調を崩した。十年後には善太を助ける為に働き出した。その数年後には篤子は善太と完全に入れ替わって仕事に本腰を入れ始めた。この事を篤子は時々後悔する。善太の働きを主軸とするような事業でもはじめるべきであった。しかし当時の篤子にはそういう才覚はなかったし、時間的にも経済的にも余裕は無く、善太が当時まだ流行らない主夫業に転じる他なかったのである。多分、その頃から寝室を別にしたように篤子は記憶している。善太の鼾はひどい。仕事に疲れた篤子は神経質になり、安眠を妨げられて弱った。「鼾がうるさくて寝られないなあ……」という篤子の言い草に、善太は一と言も無く、自ら進んで直ちに部屋を移した。善太は長男と、篤子は次男と、八畳と六畳の部屋に別れて休むようになった。

子供の成長、長男の結婚、次男の独立、夫婦二人暮らし、家の改築、長男一家との十年間の同居、長男の住宅取得等を経て、篤子達はいよいよ最終的に二人暮らしとなった。

篤子は今年六十歳で定年退職し、家庭の主婦に戻ったのだが、寝室を別にしている習慣はそのまま変わらず続いていた。

篤子は三十年に近い年月を、男性群に伍して働いた。その間、善太は忠実に主夫業に耐え抜いた。

しばらく休みでもしようものなら、たちまちに他人に渡ってしまうような「ポスト」をこそ後生大事に固執せねばならない働き蜂のサラリーマン。上司にへつらい、部下は巧みに繰り、厳しい組織社会の中を生き抜かねばならぬその男達の日常を目の当りにした篤子は、じっと主夫業に耐え抜く夫と、彼等とを無意識のうちに比べてもいた。

篤子は、夫としての、父親としての、また人間としての善太を十分に尊敬し、愛してはいたが、それ以上の女と男という意識や関係は極めて稀薄であった。

良くも悪しくも、篤子にとって女と男という意識は職場の中で点滅し、消滅していったようだ。男に負けまいと背伸びして仕事に没入していった篤子には、夫に抱かれて安らぎを得ようとする気持はほとんど無くなっていた。健康を害し、ついで一家を支える経済活動をも放棄せざるを得なくなった夫。既に三十年位も前の事とはいえ、心も凍るような暴力に見舞われた事もある篤子の、夫に対する「男性」を期待する情念は既に化石に等しく、過ぎ去った年輪の底に深く埋没してしまっていた。

その事を、お互いにとって不幸な事だと思わないわけではなかったが、そのようになってしまった以上、それはそれで致し方がないと諦める気持ちがあった。こうなってみると、出発点に既に誤りがあったとも篤子は思う。その上に悪条件が重なったのだ。しかしそんな不遇を託ったり嘆いたりするのは篤子の性に合わなかった。篤子はそれ等を逆手に取った。よし。所詮は自分が選んだ道なのだ、自分で選んだ道ならば、その道、全う出来なくて何とする。篤子はそんな中途半端な人間になりたくなかった。

それならそれで、誰にも真似の出来ないような素晴らしい夫婦になってみせようじゃあないか。と、篤子に棲喰う天の邪鬼が頭をもたげたのだ。篤子は大正生れ、「修身」を習った昔の人間である。この際引合いに出すのはいささか場違いかと篤子は笑いながら「艱難汝を玉にす。

憂き事のなおこの上に積れかし、限りある身の力試さむ」だと思う。篤子が少女時代から好きな言葉で、常々そう思って生きているのも事実である。

だが……素晴らしい夫婦って一体何だ？　人によってその答えは様々に異るに違いない。篤子はその到達点を、お互いの個性を尊重し合いそれぞれの生き甲斐を全う出来るように協力し合う事、と見つけた。その手始めとして、篤子は善太がもう二十年余も続けている研究を全面的に積極支援しようと心に誓った。五十を半ば過ぎた頃で漸く物を考える余裕が出来てもいた。

しかとした当てもなく、ただじくじくと続けられていた夫の研究を、いつの日か本にまとめて出版しようではないかと話し合い、善太に明確な目標が樹立した。篤子の方は趣味の陶芸を本格的にやってみようかと思っているのだが、最近は善太の出版記念会を華々しく開催する日を夢見るようになり、それも篤子の生甲斐の一部となった。

働いている間、寝室を別々にしている事は、神経質なまでに睡眠に拘わる篤子にとって必要な事であった。夫の入室は半年に一度が、年に一度となり、七夕様だね等と笑いながらの御入来のそのタイミングは必ずといっていい程、いつも悪かった。仕事で疲れている篤子は、寝入端とか熟睡中を醒まされて不機嫌であり、その対応は極めて悪く、せっかくの来訪者を失望させてばかりいた。心の中では申訳ないと思いつ、篤子はいい顔が出来なかった。

お互いに欲した時は決して拒まない事と、微笑ましくも誓い合った新婚時代の可愛い約束を、善太も覚えているだろうか……。何という悪妻になり下がったものであろうかと、さすがに篤子の胸は痛んだ。

定年を控えた半年間位、篤子は無事に元気でその日を迎えられるよう仕事にも私生活にも慎重な日々を送った。善太も蔭ながら気を配っていた。仕事は入念に、無用な外出は避けた。海外旅行などは以ての他、善太と毎冬行くスキーも取り止めた。クラス会さえ出席しなかった。そうして事なく定年の日を迎える事が出来た。山のような荷物を持って篤子は夜半に帰宅した。ああ、終った！　終った！　明日からゆっくり眠れる！

出勤の為のあの慌ただしい朝はもう無いのだ。長期にわたった緊張から解き放たれて、翌日の昼まで篤子はこんこんと眠りを貪った。

すーっと襖の開く音で目が覚めた。

「生きているかね？」

そう……篤子と善太は時々こんな事をやっているのだ。

寝室を別にしていると、仮に夜中に何かお互いの身に異変が起っても分らない。休日の朝、篤子が何時までも起き出して行かないと、そーっと襖が開いて、善太が遠慮勝ちに声をかける。

「生きているかね？」

反対に善太が何時までも起きて来ないと篤子が観きに行く。善太は肥満症から来る様々な病気を持っている。曰く、高血圧、潜在性糖尿、脂肪肝等々。

朝は何故か高鼾はかいていない。寝息が聞こえないとじっと目を凝らす。夜具が上ったり下ったりしていれば良し。音沙汰ない時は顔を近づけて呼吸や温もりを確かめたりする。だが篤子は決して触ってはみない。それは触ると目を醒ますという理由からだけではないような気がする。触らない習慣がそうさせるのだろうか。入浴も各々一人で済ませている。背中を流し合う事など絶無という夫婦でもある。善太が音もなくあまり長湯をしていると篤子はそっと覗いて、

「ちょっと……死んでるんじゃないでしょうね……」

定年後しばらくの間、篤子は自由を満喫し、惰眠を貪っていた。

これからいよいよ自分の好きなように生活の設計が出来るという幸福感に酔い痴れてもいた。しかしやがて篤子は、自分の体がたった一つで周りに誰もいないという事を意識し始めた。それは身の周りをすーすーと密かに風が吹き抜けるような感じなのである。

勤めていた時、篤子が通ったX社には千人以上の男性が働いていた。その中には好ましいと思われる男性もいたし、顔馴染みの人だけでも何十人といたであろう。仕事の上で交渉のある人も何人もいた。

仕事の上では男も女も無いのだが、しかし篤子の中の女性は職場の中で適当に、男性を意識していた。

その男性群像は定年を境に一夜にして篤子の前後左右から消え失せた。

一週間経ち一と月経ち二た月と過ぎるうち、独り寝の朝晩、篤子は妙に体の両脇にすーすーと密かな風が通り抜けるような感覚に襲われるようになってきたのである。

何とももの寂しい感じであった。どうしたものか、こうして死ぬまで風の通り抜けるような疎外感の中で独り過さなければならないとすると、これはちょっと問題ではないのか？　と篤子は次第に考えるようになった。

　篤子の身の周りには、たった一人、善太がいるだけである。今までの習慣を打破しないならば、その善太とさえもこうして別々の部屋に別れて休むことが続いて行くのだ。睡眠に拘るのは今も同じだが、しかし毎日会社へ行って七面倒臭い仕事をしなければならない頃とは事情は異ってきている。たまには寝物語りが出来るような夫婦のかたちを、篤子は秘かに想い描くようになった。

　善太の肥満体は篤子の好みではない。昔はこうではなかったのに、篤子が長い間食事の面倒を見なかった為の偏食から無様な体型となり果てた。篤子が嫌悪して馴染まないこの体型も、もとを糺せば篤子が原因であるとも言えるのに、肉体的にはすっかり離れ離れとなったこの習慣を一体どうやって打破したらよいのか。

　篤子と善太にとって、年に一度でも同室するという事は即ち何事かを構える事を意味していた。そんな習慣を、今、篤子は憎んだ。ただ安らかに寄り添っている習慣が二人には全く途絶していた。その事を今更のように篤子は恨めしく思った。

　篤子が求めているのは、も早、煩わしさが先立つような、そんな営みではなかった。

　それはほとんど幻想に近かった――強靭な項に嫋やかに腕を巡らし、広く厚い胸に頬を埋め、温かな血潮が微かにさざめきながらゆっくりと交流し始めるのを聞いてみたいのだ……。幻想に現われるのは誰とは分らぬ抽象化された永遠の男性のようである。

篤子は善太に対して自分の気持ちを説明する気には到底なれなかったし、またそんな事は説明して実現するものとも思えなかった。

一方では、もうそんな事どうでもいいじゃないかと思う気持もあった。所詮は夢だ。そんな事に汲々とするのは馬鹿々々しい。この世界に果たして何割の夫婦が死ぬまで、濃密な甘美な関係を温存させているというのか……そういう夫婦に是非お目にかかりたいものだと開き直ってもみる篤子であった。

例えそのような甘美な関係が欠落していようとも、他に補ってあまりあるものがあればいいではないか。篤子が生きているのは、最良の夫婦像を追求する創造の日々なのだ。充実感、期待感が充ち溢れているではないか。

ふと夜半に目醒めて覚える隙間風など地獄にでも飛んでゆけ。手足を思う存分伸ばして静かな独り寝の自由気侭さを満喫出来るのは、考えようによっては結構いいものではないのか……いやしかし……何もそう痩せ我慢をする事はないではないか……

そんな、どうどう巡りを繰り返している所にダブルベッドが転がり込む事になったのだ。渡りに舟だ。ダブルベッドといえばダブルで休む所である。篤子の頬に思わず笑みが零れたのは無理からぬ事であった。これでとにかく環境は整うに違いないと篤子は確信した。篤子の頭の中で宙に浮いたダブルベッドがゆっくり回転し始めた。そのベッドに顔は、はっきり分からぬが確かに一と組の男女が見える。そして、ぐるーり、ぐるーりとベッドは静かに宙を回っていた。

さて、ダブルベッドが来たらどこへ置こうか？　と篤子は考えた。善太の寝室か、それとも自分の寝室か……。

篤子の寝室は南に面して陽当たりも見晴らしも、この家では最高の部屋である。この家を改築した時、働いていた篤子が優先的にこの部屋を獲得した。洗濯ものを干すベランダへの出入り、衣裳をつけて篤子一人のファッションショーを繰り広げたり、湯上りの裸身を秘かに鏡台に映して見るのも、衣類の整理も、好きな手芸もみなこの部屋でするのだ。ここにベッドを置いたのでは、いま、多目的に愛用している部屋としての機能は全く失われてしまう。この部屋にはどうしてもベッドはおきたくなかった。とすると他には善太の寝室しか無い。

「ベッドどこに置く？　お父さんの寝室でしょうね……」

「ああ、お父さんの部屋でいいよ……」

数日後ベッドが届いた。朝夕めっきり涼しくなっており夏が過ぎているのを篤子は秘かに喜んでいた。ベッドは思ったより遥かに大きかった。小さな家の中では部品を動かすのがやっとで、善太の寝室に組立てセットするのは一騒動であった。

「はい、お父さん、そこをまっすぐにして」

「はい、お父さん、それ乗せて——次はこれ……」スプリングの基礎の上に分厚いマットレスを乗せる。篤子は燥ぐ心を押さえ善太と協力してやっとベッドを組立て、中敷きのマットも敷いた。

「さて――と、次はシーツね……あれれ……シーツが入っていないわ、あらあら掛布団も中綿だけみたい……全部まとめて送るって言っていたのに一体どうしたんでしょうね……」篤子はダンボールの中に詰められていたものを全部引っ張り出したが、毛布や枕の他には白い包布に包まれた掛布団の中綿だけしか入っていない。中綿だけで使うわけにはいかないのだ。花柄のカバーが色違いで二枚ある筈なのに入っていなかった。五、六枚ある筈のダブルシーツも一枚も入っていない。

「和也ったら一体どうしたのかしら……これじゃあしようがないなあ……」

白い中綿を広げながら篤子は考え込んでしまった。とにかく善太のこの寝室にベッドを入れたからには、今夜から善太はこのベッドを使わなくてはならないのだ。

「仕方ないから取り敢えず……お父さんのお布団を使いましょう……今夜からはお父さんはこれで寝なければならないんですもの……」

篤子の口から思わず飛び出した言葉と、ことの成りゆきに、あれっ変だなと思いながらも、ぼんやり立っている善太を尻目に、かいがいしく並巾のシーツを敷き、篤子が全く親しんでいない善太の匂いのする掛布団をセットした。何とも様にならなかった。並みの布団は大きなベッドの上にちょうど平らにのっかっているだけであり両サイドは少しも垂れ下らなかった。

なんと昨日まで宙を回っていたベッドとはおおよそ似ても似つかぬベッドが出来上ってしまった。

篤子ははやくも幻滅を感じる羽目となった。篤子が描いたのは、善太のでもなければ篤子のでもないダブルの掛け布団がふんわりとかかっているダブルベッドであった。篤子は嫌な予感に見舞われながら、それでも気を取り直して「どれどれ、ちょっと寝心地を試してみましょう」とベッドに横たわってみた。「うーん、さすがにこのベッドはいいわね、体全体が下から均等に持ち上げられているみたいだわ……」

背筋が気持ちよく伸びて、背中も腰もお尻も自然の位置に保持されるのが良く分かる。

「あ――ほんとうにこのベッドいいわ……」

篤子は善太が何か言うのを待った。しかし善太は何も言わない。どうして何も言わないのだろう。篤子がいいベッドだと連発し、さも自分も使ってみたいと言いたげな口調なのに……善太は全く一と言もなく、もうその辺りを片附け始めている。(何を考えているのだろう？　この人は)篤子は胸の内で呟いた。

夜が来た。善太は別に何も言わず一人でベッドにはいった。篤子は篤子でいつものように、床を敷いて独りで休む事になった。

どうしてこんな事になってしまったのだろう……。こんな筈ではなかったのに。全く、こんな筈ではなかった。ダブルベッドが来たら当然、善太と一緒にベッドを使う事になるであろうと考えたのは、あまりにも篤子が短絡的すぎたのであろうか。

どこにすだくのか虫の鳴く音ばかりが響き渡って篤子を囃し立てているようでもある。

篤子は寝返りを打った。今更、

「お父さん、私も一緒に入らせてよ」と言って行く気にはなれなかった。こういう結果になったのは寝具が揃わず善太の寝具を使う事になったからなのだろうか？　ダブルの寝具が完全に揃っていたら果たしてどうなっていたのだろうか？

「何よ、お父さん一人で占領するつもりなの？　それは無いでしょう」とか何とか言えたであろうか？　しかし二人が一緒になれたであろうという確信は、も早篤子には失くなっていた。

次の朝、何事もなかったように起き出してきた善太はベッドの事など何も言わなかった。篤子はたまりかねて「ベッド、どうだったの？　寝心地よかったの？」「うん、よかったよ」ただそれだけである。次の日も次の日も何事もなく過ぎて行く。せめて、「こっちに来てねてごらん」位言ってくれても良さそうなものを、残された期待も完全に裏切られた。

そういえば、同室するには目的を要した従来の習慣から考えると、これは当然かもしれない。篤子だけが独り想いを募らせていたに過ぎないのかも知れない。

振り返ってみると、篤子と善太は、かなり親密だった時代でも目醒めた時には必ず各自の寝具に納まっていた。原則として寝具は別々であった。ダブルベッドが来ても、それを善太の寝室に置いた以上、善太の寝具であるというふうに認識したのであろう。篤子は少し位不自由しても自分の部屋にベッドを置けばよかったかも知れないと思う。そうすればベッドを理由に自然に善太を誘う事が出来たかも知れない。篤子は選択を誤ったのか、二兎を追ったのかと思ったりした。

徒らに時は過ぎて行った。その間にカバーやシーツ等も届いたが、今更わざわざダブルの掛布団に取り替える気力は失われていた。

こうして、篤子があれ程変革を信じ期待したダブルベッドへの夢は見事に消え去った。

この頃A新聞の投書欄に、夫婦の寝室に関して相次いで掲載があり、篤子は興味を持ってそれ等を読んだ。

就床時間の違いや、やはり物音がうるさいというような理由から寝室を別々にし、遂には離婚にまで発展したことを悔いるものや、あるいは別々にして自由を楽しんでいる例もあったが、評論家が、いずれにせよ何時でも再び元へ戻せる為の配慮が肝要と説いていたのは成る程と頷かせた。

また、健康雑誌などでは、呆けない為には、老いて益々夫婦間の肉体的接触が必要である等と盛んに書き立てており、時として篤子を不安に陥れたりした。

ある記憶が蘇える。まだ長男一家が同居していた時の事であった。ある夜、部屋の外でガタガタと常ならぬ音がした。何事かと出てみると、嫁が寝具を抱えて子供部屋へ入って行く所である。「何してるの?」篤子は鋭い語調で問い糺した。「うるさいから向うへ行けって言うんですもの……」

「そんな事しては駄目よ！　早くあっちへ戻りなさい！　そんな事して貴女いまに帰るきっかけなくなったりしたらどうするの?！　私達の真似しちゃ駄目よ！　だめだめっ！」

嫁は篤子のただならぬ剣幕にしばらくあっ気にとられていたが、すごすごと自分達の部屋に寝具を抱えて戻っていった。篤子は息子夫婦に自分達の轍は踏ませたくなかった。寝室を別々にしながら、この、夫婦のありようを決して良いとは思っていなかった潜在意識があの時爆発したのだ……。

ダブルベッドに拘ったのは、もう遠い昔のような気がする。あれから三年経ってしまった。あれ程拘ったダブルベッドだったが、篤子は未だに一度もそこに入った事は無い。善太と篤子は相も変わらず別々の部屋に休んでいるし、その上、七夕の宵も忘れたようだ。

篤子は今では、九十五歳でなお独り住まいを続けている老母の面倒を見る為に、定期的に実家に出かけては泊まって来る事が多くなった。往ったり来たりで落着かない篤子は、出来る事なら老母を引き取りたいという気持ちがあるが、善太は反対で、その代り、「篤子がずっと向うへ行って世話してあげなさい」などと言う。そう言われると篤子は変な気がする。それでは善太は篤子を全く必要としないという事なのだろうか。それでは夫婦とは一体何なのだろうと思ってしまう。

篤子だって家にいて落着いてやりたいと思っている事は山程ある。篤子にはこの生活形態を崩す気持ちはさらさらない。善太と住所まで離れ離れになって生きてゆこうとは思っていない。

それに、実はあの後、篤子は一つの大きな発見をしたのだ。善太と一緒に住んでいるこの「家」こそ実に二人のダブルベッドなのだという発見である。苦楽を共有しつつ「夫婦」が巣くう一つ屋根の下、正しくこれは巣だ。子供の幸せを念じ、互いの幸せを念じながらも水のようにさらさらと、空気のようにさりげなく、しかも欠かしたくない存在となってなりあう一つ屋根の下……ここそ間違いなくダブルベッドなのだと。

せっかく、篤子は本当のダブルベッドの意味を悟ったつもりなのに……善太は、なおも、この家にも篤子はいなくてもいいと言うのか？　冗談じゃない。

いやいや、それともひょっとして善太の方が、この家よりもっと大きなダブルベッドの存在を確信しているとでもいうのだろうか？　篤子には分らなくなった。お互いに理解しているつもりの夫婦といえども、実は心の内奥まではなかなか分っていないものだ。


ともあれ、一つ屋根の下の営みは、阿吽とまではゆかぬとも、時が経つに従っていよいよまろやかな味を醸してゆく筈である。

「お父さんね、私は憶病だからとても一人暮らしっていうのは出来ないわよ。この間、お父さんが一人で旅行に行った時、私どうしたと思う？　とにかく五日も六日も一人で暮らすなんて始めてでしょ、何しろ怖くて嫌になっちゃったわよ。夜通し電気はつけっ放しにしたし……寝ていて木刀をすぐ取り上げて振り回す練習もしたし……いたずら電話がかかってきて気味が悪いから、夜は電話器を布団にくるんで鳴っても聞こえないようにしておいたし……」

向うをむいている善太はどんな顔をして聞いているのか。篤子はしゃべり続ける。

「私はとにかく一人じゃ暮らせないわよ、第一びん詰の蓋も開けられない程握力が無いでしょ……腕力も無いし……メカには全然弱いでしょ……背は低いし足腰は弱いし……高い所の電球が切れたって、つけ替えも出来ないでしょ……お父さんがもし死んじゃったら、子供達が言うように、この家をもっと大きく建て直して子供と一緒にでも住まなきゃ、私一人暮らしは嫌だわよ……」

「そんなに一人暮らしが嫌だと思っているなら心配しなくても大丈夫だよ、そうはならないから」

「え？」

「一人暮らしにはならないようにしてあげるよ」

どういう意味なのだろう……何か心に期するように言っているけれど……。

はははあ、そうか……よく、家事の全く出来ない夫を後に残すのは可哀想だから、夫の方に先に死んで貰いたいと真面目な顔をして言う主婦族は意外と多いのだ。つまりその逆で、篤子にそんな淋しく不自由な思いをさせたくは無いと、人の善い善太が真底心配をしてくれて、篤子を先に死なせようというのか……どうも参ったなあ。善太は主夫業免許皆伝とまではいかぬが、一人で困るという事は無い。そうと決めたら意志の強い善太の事だから、益々減量に励んだりして篤子より長生きするという目標にも挑戦する事であろう。

いやはや、この世とあの世に跨がるなんて善太のダブルベッドは何と巨大であることか。もう負けた……と篤子は思う。

だがしかし、最も小さいダブルベッドだってそうそう見捨てたものではない。

いつの日か……篤子は思わず深呼吸をした。

満州の百万長者

葉子の家ではこの所何となくざわめいている。それも浮き浮きしたざわめきである。

「おふとんはこれでよかですね」母が奥の部屋から客ぶとんの包みを抱えてきて、祖母の部屋の前の廊下に拡げている。

「ああ、上等、上等」と祖母が答える。南向きの廊下の前に物干しがある。陽が当り始めたらここに干すのだ。干すとふとんはふくれ上ってふわふわになる。

祖母も母も忙しそうに家の中を片附けたり大掃除をしたりするのだが、それも楽しそうにやっている。

それというのも近日中に満州のはじめ伯母さんが来ることになっているから、だ。

はじめ伯母さんというのは祖母の長女である。初めて生れたので「初女」という字を当てたのであろう。葉子の父の姉である。伯母さんの苗字は鍋島で、伯父さんは満州（中国の東北部）の奉天（現在の瀋陽）で鍋島組という土木建設の会社を経営している。

　まだ幼かった葉子の家では満州々々という言葉が始終とび交っていたから、満州というのは遠い所らしいが何となく日本の一部のようでもあり、日本と特別親しい「国」なのか、アメリカにも親戚がいたのでそんな事を別に詮索する事もなかった。

「満鉄」という言葉もよく聞いた。伯父さんは土木建設業なのだから、恐らく「満鉄」という鉄道会社に関係した仕事をしているのであろうと思っていた。

　子供の葉子には、日本が何をしているのか、「満鉄」が何をしているのかなど、全く知る由もなかった。何でも母が言うには満州は今すごい発展をとげつつあり、仕事はいくらでもあって景気が良い。お金はどんどん入ってくるから鍋島家は百万長者だというのである。

　今でこそ、百万長者などは既に死語である。今は億万とか兆とか言う言葉がとび交う時代だ。

　はじめ伯母さんはいつもたくさんのおみやげを持ってやって来る。まず「カルパス」、それから甘栗、そしてチョコレート等々。ざくろの実よりもっともっと濃い黒味がかった美しい赤い色の固い固いカルパス。それを薄く切って食べる。こんな美味しい物があるのかと思う美味しさ、当時の日本にはなかった。ああ早く食べたいなあと葉子も思う。甘栗はさすが本場物で、皆の大好物だ。チョコレートは中味もさることながら箱が素晴しかった。横長の大きな平たい箱で、その表にはスイスの連山の写真が印刷されていた。その美しさは子供心にも憧れを抱かせ、なで回して、何の役にも立たない箱だがしばらく大切に持っていた程だ。あれは輸入品だったのだろう。

伯母さんが来ると、近くに住んでいるもう一人の叔母さんもやってきて、親子姉妹の四方山話の渦が巻き上る。祖母はもう嬉しくて嬉しくて相好を崩しっぱなしだ。

母は特別、料理が下手だから日毎の御馳走には頭を悩ましたであろうが、伯母さんはまずお金をたくさん持ってきているから、その点だけはやり易かったに違いない。

一日二日たって一と通りの話もおさまって落着くと、次には皆が連れ立ってデパートに日参する。祖母も母も叔母もそれぞれ着物の反物など欲しい物を買って貰う。

それが一段落すると次は歌舞伎座へ芝居見物だ。帰ってくると芝居の話に花が咲く。

「花道を引上げてくる弁慶の、こう……」と手振り身振りを交えて「……まあよかったですねえ」と芝居好きの母が言えば、伯母は「わたしゃ富樫の〇〇が好きだねえー」、祖母はツンテンシャンと口三味線という按配。夜も更ける。

「さあ、そろそろねましょうか、明日はどこに行こうかねえ……」

と伯母さんが立ち上って、皆がまた楽しい明日を夢みる。

こうして盆と正月が一緒に来たような何日間かを滞在して、

「また、来ますよ、〇月頃ね」と半年位先の約束をして伯母さんは満州へ帰ってゆくのだ。やっぱり満州は遠い所のようだ。祖母は言いようもなく寂しそうな顔で見送る。伯母さんが行ってしまうとまさに火が消えたようで、家の中はがらんとなった。

それでも買って貰った反物は、裁縫の上手な祖母と母がそれぞれ着物を仕立てあげる喜びが残っている。

こうして大てい一年に一度か二度、伯母さんは母親や弟のいる日本の実家に帰ってくるのであった。葉子の家で裕福な伯母の来訪を大歓迎するのは当然の事であった。

鍋島の家には昇、正雄、寛治、照子、哲夫という五人の従兄妹たちがいた。彼等は大学に行く年頃になると次々に東京にやってくる。そして葉子の家に寄宿するのである。時には二人一緒になる事もある。つまり皆葉子の家に下宿していたのである。葉子と同じ年の照子だけは一度東京に来ただけであった。もちろん鍋島の家からは十分の下宿料や食費が送られていたのであろうと思う。

朝食を食べると、大学に行くから昼食の用意は要らない。夕食までに帰って来ることはほとんどない、といっても夕食の用意を全然しておかないわけにはゆかない。夜遅く帰ってきても時々「何かあるかな」といって戸棚をあけている彼等の姿を葉子は覚えている。祖母も何かと台所を手伝っていたが母にしてみれば結構大変だったと思う。

色白で痩せ型の長男昇は葉子がまだ幼い頃に既に卒業して満州に帰ったのであろう。あまり話をした記憶はない。

次男の正雄も学生時代にあまり話した記憶はないのだが、何故か東京で良い縁談があり結婚し、「靴下まで穿かせてくれるんだもんなあー」等と鼻の下を長くしてのろけていた姿を覚えている。

何故か三男の寛治だけが相当長い期間葉子の家にいたのだ。ちょっと意地悪っぽい所もあったが話をする事もあった。

「寛治さんは、小説はどんなのが好きなの？」と聞いたことがある。葉子もその位の事を聞ける年齢になっていて、寛治は文学青年であるように感じていた。彼は少し考えて、

「そうだなあ、『煤煙』なんていうの好きだなあ」

と答えた。葉子は〈煤煙〉などという小説を読んではいなかったけれど、その題名の放つ雰囲気から何となく内容をイメージした。森田草平が平塚らいちょうとのスキャンダルを自ら小説に書いたものだとは後で知り、その好みで寛治の人柄の一端を知る材料となった。彼は外国映画によく出てくるマフィアでナイトクラブのボスなどをやる俳優に似ていた。

四男の哲夫についてはほとんど知る時間がなかった。葉子の家に来た事は来たのだが、間もなく大東亜戦争（当時の呼称）が始まったのだ。

色白の貴公子然とした長男の昇、要領の良さそうな次男の正雄、ちょっとワルのような三男の寛治、まだ幼な気の残っていた四男の哲夫。こうしてみると、名前もばらばらだが一人一人不思議にあまり似ていなかった。しかしみんなはじめ伯母さんが〈満人〉と呼ぶ多くの人々を使う外地の生活の中で、大切に育ててきた宝のような男の子達だ。

その男の子達が大東亜戦争が始まると次々に召集されて、四人が四人共出征してしまったのである。はじめ伯母さんはどんな気持で一人一人の出征を次から次へと見送ったのであろう。彼等を何の為に東京の大学へまで行かせて勉強させたのだろう。立派な社会人になってほしい

と思っていたに違いない。戦いをする為などに育てたのではない筈だ。兵隊に育てるつもりなど毛頭なかっただろう。

しかし時局は思わぬ方向へ進んでいた。日本人である以上戦争に征く事を名誉とし、「お国の為に立派に戦って参ります！」などと大見栄を切り、万歳！　万歳！　の声に送られて出征して行った。

こうして出征していった鍋島の従兄弟達は、早々と次々に戦死したという知らせが葉子の家にも届いたのだ。何という呆気なさであろう。葉子の一家では伯母さんの気持を思いやって言葉もなかった。

全く何という事だろう。伯母さんはどんな気持で次々にやってくる戦死の公報を受けとったのだろうか。一人ではない、二人でもない、三人もだ。聞くだけでもやりきれない思いだ。一体どこにゆき、どんな戦いで死んだのか等、もちろん一切何も分りはしない。だが寛治だけは戦死したという知らせはなかった。

戦争といってもその様相には色々ある。食糧もなく弾丸もなく上官の指揮も分らないジャングルの中を這い回り遂に餓死する戦争、敵艦に突込み命を捨てる特攻隊や特攻大和のような戦争、玉砕する戦争、沖縄のような戦争。

だがそういう凄惨を一時的にでも免れる戦場もある。もちろん凄惨極まりない状況を脱出し、命からがら生還出来たという人々も多いであろう、しかし例えば占領した戦場を守備駐屯している間に敗戦になったというような戦場もあるだろう。寛治の場合は、そういう所にいたのではないだろうか。（学徒出陣した葉子の兄は中国に征ったがドンパチはやらなかった。）

寛治からは葉子の所に二、三回便りが届いた。軍隊の新聞を発行しているというような事が書かれていた葉書の書き出しはこうだ。

君はよくバンドンを衝け
我は征くバタビアの街

調子の良い名文句で、葉子はすぐ覚えて今だに忘れない。だがこれは寛治の作ではないのかも知れない。誰か他の人の作で聞いた事があるという人もいる。

鍋島の五人の従兄妹の中で生き残ったのは、結局寛治だけであった。

東京は昭和二十年三月、五月の大空襲で、葉子の家は焼け残ったものの、家の周囲まで焼夷弾の雨が降ったので遂に栃木に疎開を決行した。が、三カ月後の八月十五日に日本は無条件降伏をして戦争が終ったので、また東京へ帰る事になった。家を貸した人がすぐに出られず、葉子一家はとりあえず父の友人の成城の家に仮寓する事となった。

そして一年位経った頃だったか……。晩夏のある日、はじめ伯母さんがたった一人でその成城の仮寓にたどりついてきたのである。

満州の百万長者などと言われた伯母さんはくたびれ汚れた黒っぽい着物、着のみ着のままの姿で手には何も持たずに忽然と現れた。「まあーっ姉さん、よう帰りなはったなあー」「はじめかい、あっ、はじめっ――」

母と祖母が抱きかかえんばかりに伯母を招じ入れた。

それから三人は手をとり合い体をさすり合い、再会を喜び泣いた。

「よう無事で来なさったなあ――」

「よかった、ほんによかったばい、生きとってなあ――」

だがそこに照子の姿は無かった。何でも帰国の途中で病死したらしいのだ。伯母さんは、

「可哀そうだったよう――」

とひと言言っただけで、どこでどうなって亡くなったのか詳しく語ることはなかったし、涙目の伯母に、葉子は聞くことができなかった。

第一、伯父さんがどうなったのかも誰も聞いてない。当の伯母さんにも分らないのではなかったか。伯父さんについてこそ何も語られなかった。日本が敗北した途端日本の有力者達は皆捕捉されたのではなかったろうか。

伯父さんが多くの仕事をしていたと思われる〈満鉄〉(南満州鉄道株式会社の略)は日本の満州経略上の要となった半官半民の国策会社であるということはよく知られている。

ポーツマス条約により獲得した権益を基に、やがては満鉄コンツェルンもしくは〈満鉄王国〉と称される程の隆盛を極めるのだが、敗戦により消滅する。その複雑怪奇な経緯の全容は、

戦後になって初めてその詳細を知る所となったといえるであろう。

伯父さん一家は、満鉄の隆盛と共に巨万の富を得たのであろうが、日本の満州侵略という野望の陰に咲いた仇花といえばあまりに虚しすぎるだろうか。伯父さんの行方は杳として知れない。

もともとおっとりした伯母だったが、葉子の家で暮らしながら、ぼんやりと坐ったまま草ばかりが生えている庭の方を眺めている事が多かった。母も祖母もすっかり情況が変ってしまった伯母を慰める術もなく、賑やかに談笑する事もなく、家の中はひっそりと静まりかえって、戦前に伯母さんが来た時の賑わいは夢のようである。

母は伯母のいない所では、

「だから私は内地の銀行に預金をしておくようにずい分言っていたのに、そうしなさらんから一文無しになってしまって、本当に惜しい事をしなさった――」と他人事ながら愚痴っていた。

敗戦の次の年に葉子の兄が復員し、やがて寛治も復員してきた。

寛治は葉子の家ではなく別の所に住んだ。兄も寛治も初めは葉子の父が始めた小さな出版社を手伝っていた。

大学二年で学徒出陣した兄は復学をせず、やがて官庁に勤め出したが寛治はそのまま出版社に残っていた。

敗戦後の日本は混沌とした状態で、すぐによい仕事にありつける等という事はあり得なかった。

日本が敗けて戦争が終り復員してきた元兵士たちは、過酷な戦場を生きぬいて日本に帰っては来たものの、母国の惨憺たる有様の中で家も職もなくただ茫然自失する者も多かった。そういう者を人々は戦争ボケと言ったりした。

中々にしたたかな若者だった寛治も、ぼーっとしていていささか戦争ボケを思わせた。すっかりおとなしく無口になり、無気力というか生気のない男になり変っていた。戦時中、南の島から何回か便りもくれたりした寛治を何故か葉子は放っておけない気がしていた。

誰か嫁さんになってくれるような人を探して結婚させれば少しは元気になるのではないか等と、自分がまだ二十を超えたばかりの半大人なのに、お節介にもそんな事を考えた。


ある時長兄のガールフレンドを紹介して、ひどく兄に叱られもした。

次兄は次兄で、

「寛治さんと一緒に病院に行ってみるよ、俺も一緒に診察を受けると言えば彼も行くだろう」

等と葉子に言う。

まさか悪い病気にかかって脳にきているわけでも無いだろうに、次兄が俺も受けると言えば彼も行くだろうという言葉の裏に、実は兄自身も検診して貰いたいのではないかと思い、葉子は可笑しかった。その結果は無事何事もなかった。

さて何事もなかったのはよいとしても、寛治の様子は相変らずで、全く以前とは人が変ったようになってしまっているのには葉子もいささか気の毒になった。父も母も別に心配もしていないのに、何も葉子がそんなに気にする事はないではないか。

でも……。夫と昇、正雄、哲夫、照子と四人の子供を戦争で失い、財産のすべても失って無一文になった伯母さんには、もう泣く涙も枯れ果て、ただ一人生き残った寛治だけが頼みの鋼である。

寛治にしっかりして貰わねば困るではないか。寛治が結婚して元気をとり戻し、ゆくゆくは伯母さんを引きとって面倒を見るような家庭を築いてゆかねばどうする。全くお節介もいいとこなのだが……誰もそんな心配をしてくれる人もいないし、第一寛治自身がぼけーっとしていては本当に困る。

そういえば……ふと思い出した。女学校を卒業してから行った国民生活学院の同級生冨美子はどうだろう。彼女はあまり美女ではないけれど気立はよいし、おとなしいし優しい。育ちもいいらしい。そうだ冨美子にちょっと打診してみようか。思い立ったが吉日とばかり、数日後冨美子に逢って寛治の話をした。

「葉子さんの御親戚の方なら安心だからいいわよ、もし私でよければ」と冨美子はいとも簡単に言うのだ。

「え？　本当？　それじゃ一度逢って下さる？」

「いいわよ」

おとなしい冨美子があまり簡単にのり気になったのには葉子も驚いた。

いつものようにぼんやり座っている伯母さんに、

「伯母さん、私のお友達なんですけどね、寛治さんにどうかと思う人がいるんですけど……」

と言うと笑う事も無かった伯母さんが急に嬉しそうになった。

「本当？　そんな方がいるんでしたら、是非お話すすめて下さいよ、葉子さん」

伯母さんの顔に少し生気がさしたようだった。葉子も急にこれは何とか成功させたいと力が湧いてくる思いだ。

この話はトントン拍子に進んで、寛治は冨美子と目出度く結婚したのである。

冨美子の家に離れが空いているという事で、寛治と冨美子はそこで暮らし始めた。

ああこれで一件落着したとほっとしたのも束の間、半年程過ぎたある日冨美子がやって来て言うには、

「ねえ、悪いけど私、寛治さんと別れたいの」

「えっ！　どうして？」

「だってね、全くあの方頼りないのよ、将来のこと、仕事の事などどうする気なのか聞くと、すべて叔父さんに任せてあるって言うのよ。何回聞いたって叔父さんに任せてあるの一点張りなのよ、それじゃ私不安だし……」

「ふーん、そうなの……」

叔父さんと言うのは葉子の父の事である。

「それに私、愛情もわかないのよ。結婚すれば愛情ってわくものかと思っていたけど、それが

全然わかないのよ」

「うーん」

「愛情がわかない」などという重大な言葉が無口でおとなしそうに見える冨美子の口から、はっきり言われて葉子はたじろいだ。

夫婦の愛情が結婚すればすぐわくものなのか、歳月を経てわくものなのか、結婚未経験の葉子にはさっぱり分からなかった。葉子は結婚という大問題をあまりに簡単に考えていた自分に初めて気がついた。

自分の考えを滔々と述べる冨美子に半ば驚きながら、葉子はまじまじと彼女の顔を見ていた。新婚の嬉しさも楽しさもない、むしろ苦痛さえ乗り越えて自分の将来を見据えている真剣さが瞬間的に葉子を圧倒した。

冨美子は葉子の言葉を待つかのように黙した。

将来への計画性皆無、愛情がわかないとはっきり言われては葉子に反論の余地はなかった。

「愛情がわかないんじゃ仕方ないわねぇ……」

やっぱり少し戦争ボケがあるのだろうか。以前はもう少し魅力のある男だった筈なのだが――。寛治じゃ駄目だったか。

「貴女さえよければ、いいわよ、別れても……」

「そーお、許して下さる？　ありがとう、よかった……」

冨美子の顔がぱっと安堵の色に変わった。そんなに思いつめていたのか。

結婚するのも早かったけれど別れる話は更に早かった。こうして寛治と冨美子はさっさと別れてしまったのである。

嘆いたのは伯母さんだった。

「葉子さん、もう少し何とか引きとめて下さらなかったの」

と伯母さんにしみじみ言われると、さすがに葉子も弱かった。

「伯母さん、ごめんなさい。半年もたって冨美子が愛情がわかないって言うもんだから……それに将来の計画がないって言うのよ」

伯母さんはそれ以上何も言わなかった。ただ悲しそうで目がぬれていた。

もう少し引き止めるとか、話し合いをするとかそういう事を考えるべきだったのかと、手遅れながら考えないではなかったが、何しろ戦争ボケとか脳梅ではとか考えた経緯を持つ葉子としては、むしろ冨美子に悪い事をしたという思いの方が強かった。

成城の家には約一年位いて、やっと中野の我が家に帰ったがその後数年の間に、祖母の死、私の結婚、妹の結婚、次兄の結婚と続き終戦後間もなくの事とて大変な騒ぎだった。皆それぞれ自分の家の樹立に奔走している時代で親戚づき合いどころではなかった。

そんなわけで寛治の消息も分らないまま歳月が流れた。その間に寛治は、戦死した兄昇の妻であった澄子と結婚していた。

実は鍋島の長男昇には、妻の澄子と忘れ形見の一人の子供がいたのである。澄子は昇が戦死した後日本の実家に帰ったのか、何時帰国したのか、定かではないが伯母より先に日本に帰っていたのではないかと思われる。伯母と一緒に帰ったのではない。その人のことはほとんど思いつかなかった、伯母さんも彼女の事を言い出した事がなかった。昇が戦死してしまった時にもしかしたら離籍するつもりで日本に帰ったのでもあったろうか。

寛治がどんな仕事をしたのかは知らないが、澄子と二人で兄の遺児を育てたのだ。それはとても良い選択だったと葉子は思う。しかし何でそんな身近に妥当な話があるのに、そういう話があの時出なかったのか？　葉子が何も心配する必要はなかったではないか。

澄子の居所が分らなかったのか。だとしたら今になってどうして分ったのか。あるいは伯母さんは衿の中にでも嫁の実家の住所位書いたものを縫い込んであったのか。

もうあれから五十年、六十年そして七十年がすぎた。伯母さんもとうに亡くなった。一生の大転換、自分の身にふりかかった大災難を何も愚痴らず、嘆きを口に出さず、黙って生き通した伯母さんであった。背筋はまっすぐのばして、何か人生を達観していたのか、あるいは諦観していたのか、葉子はそういう雰囲気を伯母さんから感じている。

寛治が亡くなったという知らせを受けたのも、もうずい分前の事だ。大晦日に近い日だったが、葉子は通夜と告別式の両方に出向いた。意外だったのは従姉妹の純子が来ていた事だった。お互い年齢の近い葉子の兄も純子の弟妹も来ていないのに、何故か純子だけが来ていた。純子も寛治に関心があったのか、寛治は美人の純子とは年賀状位交換していたのかも知れない……。葉子の所にも年賀状が来ていたが長い間にいつしか途絶えていた。やっぱり隅におけない寛治じゃないかと、ふっとほほえましい感じが起った。

葬儀が終ってお清めの食事の席についた。昇の遺児もすっかり大人になり、昇によく似ている風貌を見るにつけても、鍋島家の兄弟たちが代る代る葉子の家に起居した頃の事が懐かしく甦ってくる。

遺影の寛治は老けてはいるけれど昔の面影は残っている。あれから仕事はどうしたのだろうか、一家を支えるに足りる仕事についたのか、寛治と結婚できて大喜びしたという澄子はもちろん寛治を助けたであろう。昔一度位逢った事があったかも知れない澄子とは、この日おじぎをした位でとうとう話も出来なかったのは今思えば残念な事だった。

ただあの日、

「引上げで苦労してきたけど鍋島の家からは何も援助して貰わなかったわねえ、みんな田代の家からだったねえ」と声高に言う少し若い女の声が聞こえた。田代の家というのは澄子の実家であろう。

鍋島の家？　鍋島の家ってここがそうじゃないのか？　鍋島家の縁者の話はついぞ聞いた事はない。鍋島の家は満州で消滅し、伯父さんの行方も分らないし弟妹は皆死んでしまっているのに、鍋島の家って、どこを指しているのか？　それとも鍋島金治さんには日本に兄弟でもいたというのか、その辺は全く分らないが、長男の遺児がいて寛治が居たこの家こそが鍋島の家だと思っている葉子にはそれ以上の事は分らず、まるで葉子たちがせめられているのかとさえ思ってしまう変な言い草だとしか思えなかった。

もしはじめ伯母さんに今の言葉が聞こえたとしたら伯母さんは何と言うであろう。口惜しくて歯ぎしりするだろうか、否伯母さんに限ってそんな事はしない。

「何もかもただお国のしなさった事のお蔭です。すまん事でした。寛治が来て、これでみんな揃いました。南無阿弥陀仏、南無阿弥陀仏、なみあみだーぶー」

とつぶやくのが一番伯母さんらしいような気がする。

解説

勝又浩

河村陽子さんの初めての作品集だが、かねてこれを編むについての苦労を聞いていた私は、一読してとても良い選択、また配列になっていると、まずそのことに安堵し、また嬉しくも思った。収録された八作品は、いろいろな膨らみを見せながら、しかしその中心に大正から昭和にかけての、一つの家族の歴史が輪郭鮮やかに描きあげられているからだ。

河村さんは、この本が出来上がる頃は九三歳である。年に三、四回お会いするが、いつもお元気で、この作品集の最後に置かれた『満州の百万長者』は二年前の作品。平成二八年五月発行の「遠近」第六〇号記念特集号に発表されたものだ。そのとき九一歳であるが、この作品が突然現れたわけではない。エッセイも含めて「遠近」には継続的に書いていて、作品数は相当の数になるはずだ。

ちなみに記しておくと、河村さんの小説は新宿の朝日カルチャーセンター久保田正文教室から始まっている。久保田教室が終わって、その卒業生たちによる同人雑誌が三種できたが、河村さんはそのうちの「遠近」に属して、当初は世話役も果たしてきた。久保田教室に入ったのは会社勤めが定年になったのと同時だというから、執筆歴もそのくらい永いわけだ。私は「文学界」の同人雑誌評担当の一員として、彼女の久保田教室時代の作品も多少は読んできたが、久保田先生が亡くなられた後「遠近」のチューターを引き継ぐことになって、以後は河村さんの作品も全てに目を通していることになる。考えてみるとずいぶん長いお付き合いではある。

そんなふうに、一応は河村作品の全体を見ている私は、それらのなかから選んで一冊を作るのはその分量から言っても大変な作業になるだろうと思ったわけだ。河村さんも、血圧の上る仕事だと何度もコボすことになったが、その度に自選集にすることが大切だと、あえて薄情に答えていた。そうした経緯もあって、どんな仕上がりになるか大いに気を揉んだところもあったのだが、それがこうした結果となって、まずは慶賀に堪えない、というわけである。

これらのなかで二番目に置かれている『接点』は、作者のメモによると原題は「馬の歯」で、平成一一年九月の「遠近」第一〇号に発表されている。久保田先生時代の作品のようで、私は数年前にコピーをいただいて読んだが、そのとき、詳細は忘れているが、いくつかの問題点を指摘した憶えである。しかし今度、あまり大きな抵抗もなく読むことができたのは、作者の改稿推敲はもとよりだが、それとともに、ここに収まることによって、単独で読むよりも作品が一段と生きてきたのではないかと思われた。なぜ改題したのか聞きもらしたが、これも適切な修正であったと思う。「馬の歯」は戦中の苛酷な食糧事情と、それに絡んだ父親の言語に絶した屈辱的な体験を象徴しているが、この小説は、その半分はそれを語る娘自身の半生記でもあるのだから、「馬の歯」だけでは表しきれないものが残ってしまうからだ。

そう考えると、いろいろな含みを持つ「接点」はなかなかよいタイトルだと分かる。まず、この一編はその前の『青い遍歴』の主人公「志村」のその後の人生を伝えるものとして巧みな展開をもちながら接続もしているが、またこの後に続く、母親の話である『林』にもよい橋渡しとなっている。強調すれば、前後の作品の好い「接点」になっているのだ。しかしもう一つ、最も大きな意味は、その壮大な「志」の故に、しばしば世間のみならず家族からも孤立しかねない父親、その父親への一番の同情者、理解者として付き従う娘＝語り手の立ち位置を象徴していることだ。娘は、いろいろな意味で家族のなかの「接点」を果たしているのだ。

父親を突き放して、その戦中戦後の思想的な側面も厳しく見ていたらしい「兄」が、後年になってだが「俺は親父をそれ程心から受容はしていないんだ」と言うのに対して、妹＝主人公は、「その長所も短所もすべて受容してなおかつ父を尊敬している」、「そんな父、こんな父、あんな父。みんなみんな好きだ」と熱く語っている。

その父親は青年時代から文学への志を持っていたが、晩年には全ての責務から解放されて小説に専念するのだと言って五千枚の原稿用紙を買いこんでいた、とも書かれている。河村さんが定年後直ちに小説を書き始めたのも、その裏にはこんな事情――尊敬する父親に倣う、あるいは、父親の果たせなかった志を継ぐという意図があったのだろうと、今更ながら納得した次第だ。

それにしても、こんなところを読むと、こんな娘を持ってこのお父さんは幸せだったなと、まずは思うが、実は幸せなのは父親なのか、それとも、そんな父親像を持つことのできた娘の方なのか、本当のところは定かではない。父と娘との関係とは不思議なものだ。これが息子となると、現にこの「兄」がそうであるように、あるいは、たとえば志賀直哉の『和解』から、たとえば阿部昭『司令の休暇』等々、シビアーな関係が大原則であるかのようにさえ見える。しかし娘たちとなると、私の書棚にも幸田文、森茉莉、広津桃子、室生朝子、萩原葉子等々、彼女たちのオマージュに溢れた父親回顧、伝記の類が相当数並んでいる。河村さんのこの一編、一冊も、間もなくそこに収まることになるだろう。

ところで、この『接点』には、父親の勧めで入学した「国民生活学院」という学校のことが出てくる。その学校の教育方針には、卒業後は「それぞれの分野において国民生活の指導的役割を果たすように」、「職業につかない者は地域において国民生活全般に対して指導的役割を果たすように」という項目があったという。そして、大学の「学士」に代る「生活士」という称号の獲得が期待されていた、とも書かれている。主人公は卒業後にこの学校の助手として残ったともあって、成績優秀でもあったのだろう。私は、こんなエピソードをハハーンと頷きながら読んだのだが、読み進んで最後の『満州の百万長者』ではまた次のようなエピソードに出会うことになった。

主人公は、南方からの復員後、人が変わってしまったかのように生気を失っている従兄のことを心配して結婚させようと画策するのだが、そこで兄のガールフレンドを勝手に紹介して兄に叱られてしまう。まったくどういうつもりだったのか、ちょっと理解に苦しむが、主人公はこのとき「二十歳を超えたばかりの半大人」だったと、自ら言っている。独り飲込みだが、思い込んだら放っておけないようなところがあるのだろう。そして次に思いついたのが、「国民生活学院」時代の同級生であった。早速二人を引き合わせると話はとんとん拍子で運んだが、しかし、結果は半年で壊れてしまうことになった。

こんなエピソードの断片のなかにも、私の知る河村さんがいかにも躍如としているのだが、彼女を知るほどの人はみな頷くのではないだろうか。

この一冊は、そういう河村陽子さんが描きあげた、戦前戦中戦後の、ある家族の歴史であるが、また、そういう個性的なキャラクターを生きた一人の女性の自分史でもあって、そこがいかにもユニークなのだ。

著者について――

河村陽子（かわむらようこ）　一九二五年、東京に生まれる。大田区在住。六十歳から小説を書き始めるが、同時並行で母の介護にも追われる。百四歳で没した母を看取った後、現在は百歳の夫を介護する。本書は九十三歳にして、初めて編んだ短篇集。

装幀——齋藤久美子

林

二〇一八年一二月一〇日第一版第一刷印刷　二〇一八年一二月二〇日第一版第一刷発行

著者――河村陽子

発行者――鈴木宏

発行所――株式会社水声社

東京都文京区小石川二―七―五　郵便番号一一二―〇〇〇二

電話〇三―三八一八―六〇四〇　FAX〇三―三八一八―二四三七

［編集部］横浜市港北区新吉田東一―七七―一七　郵便番号二二三―〇〇五八

電話〇四五―七一七―五三五六　FAX〇四五―七一七―五三五七

郵便振替〇〇一八〇―四―六五四一〇〇

URL : http://www.suiseisha.net

印刷・製本――ディグ

ISBN978-4-8010-0378-1